KB102669

생각이 없어야
미래가 바뀐다

임우현 지음

생각이 없어야 미래가 바뀐다

초판 1쇄 인쇄 ㅣ 2017년 5월 8일
초판 1쇄 발행 ㅣ 2017년 5월 10일

지은이 ㅣ 임우현
펴낸이 ㅣ 박대용
펴낸곳 ㅣ 도서출판 징검다리

등록 ㅣ 1998. 4. 3. No.10-1574
주소 ㅣ 경기도 파주시 교하읍 산남리 292-8
전화 ㅣ 031)957-3890   **팩스** ㅣ 031)957-3889
이메일 ㅣ zinggumdari@hanmail.net

기획편집 ㅣ 오브디자인 ovdesign.kr
디자인 ㅣ 김세진
사진 ㅣ 강원식

ISBN 978-89-6146-157-3 (03810)

사랑하는 하나님,
사랑하는 복음의 스승님과
복음의 가족들,
사랑하는 가족과 제자들,
사랑하는 페북 친구들과,
번개탄 가족 모두…
그리고 다음세대를 위해
오늘도 현장에서 눈물과 희생으로
헌신하고 있는 모든 동역자에게
감사와 사랑을 전합니다.

Contents

||||||||||||||||||||||||||||||||||||||||||||||||||||||||||||||||||||||||||||||||||||||||||||||||||

PART 1
생각 없이 받은 은혜 | 21 |

PART 6
생각 없이 나눈 묵상 | 209 |

사실 제대로 받지 못한 추천사와
부탁하지 못한 추천사

책에 넣을 추천사를 부탁드려야 했을 때 가장 먼저 생각난 사람은 바로 사랑하는 저의 스승님이신 정옥용 원장님과 그다음, 저와 같은 길을 가는 복음의 가족들이었지요. 다만, 여전히 저는 부족하고 부끄러운 모습이라 선뜻 이 글을 보여드리지 못했습니다. 이 글 속의 내용들은 지난 십 년 동안 제가 깨지고 깨지며 쓴 글이고 스승님이 가르쳐주신 말씀을 소화하는 과정에서 쓴 글이기에 아직도 제대로 소화하지 못한 내용들이 많습니다. 그래서 더욱 죄송하고 부끄러워서 제대로 못 보여 드렸답니다.

스승님은 저에게 목회와 사역은 세상에서 배운 실력만이 아니라 결국, 눈물과 무릎 꿇은 시간만큼 인 것을 알려주시고 다른 것보다 넘어지고 쓰러지는 아이들의 손을 놓지 않는 것임을 직접 매일 보여주셨답니다. 그런 스승님을 따라 제대로 배워가는 복음의 아들이 되어 이제 제자의 모습은 말과 글로 보여드리는 것이 아니라 진심으로 변화된 모습과 달라지는 모습으로 보여드려야 한다는 것을 알았습니다. 그러니 앞으로도 하나하나 더욱 변화되고 달라진 모습으로 주님 앞에, 스승님 앞에 서 보려 합니다.

스승님이 말씀해 주신 "너 하나 살려 내는 일이 다음세대 모두를 살려내는 일이다!"라는 말도 안 되는 말씀을 절대로 잊지 않고, 제 자신을 지키기 위해 싸우고 한국교회와 다음세대 영혼 구원을 위해 싸우는 영적 전투에서 절대로 밀리지 않도록 하겠습니다. 진심으로 감사하고, 진심으로 사랑하며, 언제나 배운 대로 모든 영광 주님께만 올려드리며 충성으로 달려가겠습니다.

그리고 저에게는 십 년 동안 같은 자리에 앉아서 같이 울고 웃으며 다시금 하나님이 주시는 은혜를 가지고 복음의 길을 함께 걸어가는 믿음의 중보자들이 있습니다. 복음 안에 한 가족인 사랑하는 하늘문 성도님들과 많은 선후배 사역자님들이 제 곁에 계시지요. 또한, 특별히 사랑하는 천국의 기쁨조인 조시영 목사님과 김신석 목사님, 우리 세 명의 나이가 한 살한 살 더 먹어 갈수록 어린아이가 되어 서로 잡아주고, 밀어주고, 끌어주며 천국 문 앞에서 함께 감격의 춤을 출 수 있기를 바랍니다. 이 분들과 함께함이 늘 주님께 감사이고 감격입니다.

그리고 절대 빼 놓을 수 없는 사람들이 있습니다. 나보다 더 많이 나를 위해 기도하느라 고생하는 사랑하는 아내와 아들, 이제는 정말 막내를 위해 기도해 주시는 어머니와 장모님, 고향에서 개척교회로 각자의 사명으로 열심히 살아가는 우리 고향 가족들, 이 책을 만드느라 누구보다 두 눈 빠지게 고생한 선생님들(이름 말 안 해도 아시지요?^^) 감사하고 사랑합니다.

마지막으로 한 가지 더 말씀드리자면, 사실 저는 천국 오지랖 대회에서 순위 안에 들어가는 사람이라서 추천사를 부탁하고 싶은 분들이 더 많이 계셨습니다. 결국, 그분들 모두의 추천사를 다 받진 못했지만 원래는 더 받고 싶은, 더 많은 추천사를 받아야 하는 많은 선후배와 동료 사역자 분들이 있었지요. 그런데 아마도 그분들 추천사를 다 받으면 책 내용보다 추천사 내용이 더 많아지기에 안타까운 마음을 뒤로하고 편한 마음으로 몇 분에게만 부탁을 드렸습니다. 아쉽고 미안한 마음을 전합니다.

늘 같은 마음으로 보내주시는 중보와 응원을 잘 받아서 이 책이 나오기 전에도 생각 없이 하루하루 복음의 징검다리로 살았던 것처럼 앞으로도 그렇게 복음의 징검다리로 잘 살아가도록 노력하겠습니다.

항상 앞에서, 옆에서, 뒤에서 변함없이 지켜봐 주시고 기도해 주시고 힘을 모아 주시길 부탁드립니다. 이렇게 감사와 진심어린 고백을 드릴 수 있게 해 주신 주님께 모든 영광 올려드립니다.

프롤로그

하고 싶은 일들이
사라져 갑니다

어느 날부터 저의 머릿속에는 하고 싶은 일들이 하나 둘씩 사라져 가고 있습니다. 원래 저는 하고 싶은 일들이 정말 많아서 머리가 핑핑 돌아가는 이벤트의 천재라고 할 정도로 바쁘게 일에 중독되었던 사람인데, 거의 삼 년 전부터는 머릿속에서 하고 싶은 일들이 하나 둘씩 사라져갔습니다. 그러더니 이제는 하고 싶은 일이 아무것도 없네요.

그래서 아무 일도 하기 싫고 그저 매일 주어지는 예배에 최선을 다하고 하나님이 오늘 만나게 하시는 사람들에게 최선을 다하며 살아가고 있습니다. 주님의 은혜 아래 즐겁게 살아가다 보니 이제는 주님이 저를 통해 하시고 싶은 일이 많아지시나 봅니다.

그 전에는 그렇게 나를 사용해 달라고 매달려도 잘 사용해 주시지도 않고, 주를 위해 살겠으니 내게 돈을 좀 달라고 아무리 사정을 해도 돈은커녕 늘 빚만 지게 하시더니만 이제는 별로 하고 싶지 않아도 돈도 주시고, 사람도 주시어 억지로 그 일들 속에 제가 들어갈 수 있도록 하십니다. 하나님은 정말 알다가도 모르겠습니다.

주님이 오늘 오시면 좋겠다

하고 싶다고 했을 때 시켜주셨다면 그때는 내가 더 열심히 열정을 가지고 했을 텐데, 내 그릇이 아니라고, 이제는 내가 할 일이 아니라고 생각할 때 자꾸만 시키시니 결국 하기는 하지만 늘 부끄럽고 죄송스런 마음으로 감당해야만 하네요.

그저 속으로 늘 고백하는 내용은 '주님이 오늘 오시면 좋겠다', '그래도 내가 지난 세월에 비해 가장 죄를 적게 지고 있는 지금, 이때에 주님이 오시면 좋겠다', '가장 많이 예배를 드리며, 가장 많이 기도하며 찬양을 하고 있을 때에 지금 예수님이 오시면 좋겠다'라는 고백만 되뇌일 뿐입니다.

주님이 언제 오실지는 모르지만 넘어지고 부딪히더라도 영적 싸움에서는 절대 밀리지 않도록 그날까지 주어지는 모든 사역에 최선을 다 해야겠습니다. 매일 만나는 영혼들을 악한 사자의 입에서 건져내듯 사단과의 한판 승부에서 반드시 싸워 승리해야 함을 알게 되었지요. 이제는 누가 "목사님은 앞으로 어떤 목회를 하고 싶으세요?, 어떤 사역을 하고 싶으세요?, 꿈은 뭐예요?" 라고 물어보면, 저는 아무 생각이 없습니다. 지금까지 여러 번 죽었어야 하는 제 인생을 주님이 살려주셨기에 그저 날마다 주님 앞에 납작 엎드려 회개하는 마음으로, 빚 갚는 마음으로, 가라하시는 곳으로 할 수 있는 만큼 최선을 다해 사명을 감당하고 싶습니다. 남들 보다 굳이 잘할 생각도 없습니다. 그렇게 주어진 사명을 감당하며 살다가 주님 앞에 서는 날, "주님, 감사합니다! 주님, 사랑합니다" 고백하며, "주님, 죄송합니다" 회개하며 주님 품으로 달려가고 싶은 마음뿐입니다.

주님 앞에 서는 날까지 흔들리지 않도록

큰 목회자가 되겠다는 마음, 성공하고 싶은 사역자가 되겠다는 마음을 접은 지 오래입니다. 제 그릇을 누구보다도 잘 알기에 이제는 그저 하루하루 사용해 주시고 다시 복음의 대열에 있게 하시는 것만으로도 감사하며 가장 작은 마음으로, 주님의 사명의 길을 걸어가고 싶습니다.

그런데도 저는 사람들 앞에 늘 서야하며 방송을 통해, 책을 통해, 인터넷을 통해 앞에 서는 날이 많기에 혹시라도 겸손을 가장한 교만이 되지 않을지 돌아보며 이번 책에서 저의 솔직한 마음을 나누어 보려합니다.

정말 내 생각이 없어야 내 미래가 바뀌게 되더라고요. 내가 하고 싶은 일이 아닌 하나님이 나를 통해 하고 싶은 일이 있어야지만, 그리고 내가 하려고 하는 일들을 생각하는 것이 아닌 하나님의 생각은 무엇인지를 고민하며 따라가는 마음을 가져야지만 마지막 주님 앞에 서는 날까지 흔들리지 않을 수 있다는 생각을 해 보게 되었습니다.

그러기에 저에게 매일 가르침을 주시는 스승님과 저를 위해 중보하는 중보자들과 동역자들, 믿음의 선후배들과 함께 걸어가는 믿음의 여정을 소소하게라도 나누어보려 합니다. 생각이 없어야 정말 미래가 바뀐다는 마음을 이 시간 다시 한 번 찐하게 나누어 보렵니다.

복음의 징검다리가 되고픈

임우현 목사

생 각 모 으 기

저는 어릴 때부터 생각 없이 살아왔던 것 같은데, 그럼에도 매일 주어지는 여러 환경 속에서 많은 생각을 모으며 살아왔던 것 같습니다. 초등학교 때부터 일기를 쓰기 시작했고, 중학교, 고등학교, 군대 시절에도 일기를 썼습니다. 그때의 일기장을 아직도 가지고 있고 그 일기장 중에 여러 권이 이미 시집으로 출판이 되었습니다. 물론 처음부터 책으로 출간하려고 글을 쓴 것은 아니었습니다. 그저 매일 주어지는 여러 생각을 하나하나 일기로 쓰기 시작했고 그러다 어느 날은 싸이월드라는 홈페이지가 생겨서 오랫동안 그곳에 생각을 정리하곤 했습니다.

그러던 어느 날 절친 목사님께서 페이스북을 하신다고 저에게 계정 하나를 만드는 법을 가르쳐 주었습니다. 어쩌면 매일 생각 없이 살아도 그때마다 드는 생각들을 모으고 남기고 나누기를 좋아하는 저로서는 갑자기 엄청난 놀이터를 만나게 된 것만 같았습니다. 그때부터 매일 페이스북에 마음을 나누며 살아가는 습관이 생기기 시작한 것이지요.

생각 없이 시작했던 페이스북에 그동안 모아 두었던 생각을 이제는 하나씩 꺼내어 모아보려 합니다. 지난 시간동안 워낙 많은 친구들의 중보와 후원과 사랑으로 지금까지 사역을 할 수 있었기에 작은 마음이지만 생각 없이 살았던 지난 시간 동안 하나님께서 저에게 부으셨던 평안과 기쁨과 감사와 사랑의 마음을 나누어 보려 합니다.

그동안 페이스북을 시작하고 하루에 평균 다섯 개가량의 글과 사진으로 나눔을 했으니 아마 만 개 이상의 글과 사진으로 소통을 하며 살았던 것 같습니다. 혼자만의 생각으로 쓴 일기장의 나눔과 같은 글과 사진이었는데 어느새 많은 친구들이 생기기도 했습니다. 또한 다음세대 사역을 하다 보니 다음세대 친구들과 부모세대들을 만나며 공인 아닌 공인이 되어버리기도 했지요. 열심히 생각 없이 살아왔는데도 바뀐 저의 과거와 현재와 미래의 모습들을 생각해 보며 그중에 몇 가지라도 다시 나누고 싶은 마음에 페북 안에 글들을 정리해 보는 시간을 가져봅니다.

작은 나눔이지만 저의 생각 없는 나눔들이 누군가 한명에게라도 작은 도전과 도움이 될 수 있기를 소망해 봅니다.

"늘 들어도 좋은 단어들, 청소년… 예수… 복음…
그리고 그 안에 함께 서 있는 부족한 나의 모습조차 사용하시는 하나님…
생각만 해도 눈물 나고 생각만 해도 가슴이 벅찹니다."

_ 디모데전서 1:14
우리 주의 은혜가 그리스도 예수 안에 있는 믿음과 사랑과 함께 넘치도록 풍성하였도다

Part 1
생각 없이 받은 은혜

이 아이들이 있기에…

오늘밤은 대구 하늘샘교회 중고등부 친구들과 함께 예배를 드렸습니다.

삼 년 전부터 만나려 했는데 시간이 잘 맞지 않아 못 만나다 이제야 만났네요.

어찌나 귀엽고 순수하던지요.^^

잘 들어주고 잘 웃어주고 그러더니 회개하며 눈물짓는 아이들,

이 아이들을 바라보며 한국교회의 다음세대에 다시 한 번 부흥의 날을 꿈꾸어 봅니다.

그래도 아직도 아이들을 위한 여름겨울 집중적인 수련회를 통하여 아이들의 영혼을 살리고 죄를 씻어주며 잃어버린 주님을 다시 만날 수 있도록 도와 줄 수 있기에 그저 최선을 다해 복음을 전해봅니다.

오늘도 도우신 주님께 감사 영광 올려드리며 내일 오전에도 다시 승리로 만나렵니다.

마르지 않는 하나님의 은혜

한 가지 같은 문제로 계속 반복해서 고민하고 있으면 사단도 나의 약함을 눈치 채고 오히려 그 부분을 집중적으로 공격하게 됩니다.

그럴 때일수록 오히려 심지를 견고하게 믿음에 뿌리박고 주님을 의지하며 당당히 살아가는 믿음이 있어야 할 것입니다.

언제나 요동하는 사람은 사단의 밥이 될 확률이 높습니다.

하나님은 심지가 견고한 사람을 좋아하시고 그에게 언제나 큰일을 맡기시며 그에게는 끊어지지 않고 마르지 않는 하나님의 은혜가 흘러나오게 됨을 알 수 있습니다.

오늘도 우리가 만나고 있고 앞으로도 만나서 함께 동역할 사람은 엄청난 능력의 사람이 아닙니다.

많은 것을 가지고 있는 힘 있는 사람이 아니라 바로 언제든지 주님께 순종할 수 있는, 심지가 견고하여 날마다 마르지 않고 끊이지 않는 은혜가 흐르는 사람일 것입니다.

일대일의 만남

오늘 아침은 양산 오병이어 캠프에서 친구들과 예배를 드렸습니다.

다른 것 아무것도 바라지 말고 주님만 사랑하자고, 다른 기도 하지 말고

예수님만 더 사랑하는 우리가 되자고

친구들과 참 많이 울며 주님 앞에 회개의 시간을 가져 보았습니다.

여기에 있을 것입니다.

이 자리에 지금은 많은 무리 속에 한명이겠지만 이 많은 아이들 중

진심으로 주님 앞에 회개함으로 돌아오는 친구가 있다면

어디에 있든지 어떤 모습으로 있든지 주님이 꼭 만나 주실 것입니다.

주님 앞에서 우리는 언제나 무리 속에 한사람이 아니라 일대일의

만남이니 오늘도 이 친구들 중 단 한 친구라도

주님을 깊이 만나길 진심 축복해 봅니다.

소망이 이야기

오늘 오후에 하늘스쿨 아이들과 예배를 드리며 우리가 지금 드리는 예배가 얼마나 소중한지를 나누었습니다.

시편 78편을 통해 하나님이 후대에게 꼭 알게 하고 일러주라고 명하신 말씀,

우리의 소망을 하나님께 두고 하나님을 잊지 말고 계명을 지켜 이전 세대의 악을 반복하지 말자는…

다 듣고 있고 다 보고 계시는 하나님의 눈동자를 다시 한 번 느끼는 시간을 가져봅니다.

올해 하늘스쿨을 졸업하여 내년에 어쩌면 제 학교 후배가 될지도 모르는 제자 소망이를 보면서도, 방송실 창밖으로 보이는 아름다운 가을 하늘과 푸른 산들을 통해서도 하나님을 느끼며 오늘도 다시 주님을 봅니다.

'아 내가 진짜 사랑받았구나!'

아이들을 만나는 사역을 하다보면

아이들이 가끔 심각하게 물어봅니다.

하나님이 나를…, 목사님과 선생님이 나를…,

아빠가 엄마가 나를 사랑하는 것을 어떻게 알 수 있냐고요.

그럴 때 이렇게 말해줍니다.

그것은 그냥 말로 설명하듯

짧은 시간 말해 준다고 알 수 있는 것이 아니라고요.

어느 날 시간이 흘러 '아 내가 진짜 사랑받았구나!'라고

느껴지는 날이 오는 거라고…

너는 아직은 모르지만 하나님도, 목사님과 선생님들도,

그리고 너 자신보다 널 더 아끼는 아빠 엄마의 사랑은

단 하루도 쉬지 않고 너에게로 흘러가고 있으니

그냥 너는 그 사랑을 잘 받아 잘 자라면 된다고요.

아이들은 언제나 궁금해 한답니다.

무한한 사랑을 받고 있으면서도

그 사랑의 깊이를 알 수가 없어서요.

아마 저도 그 나이 때 그랬겠지요.

나를 향한 무한한 사랑을 못 느끼고

힘들어하고 아파하며 살았겠지요.

이제라도 그 사랑을 알기에

조금이라도 갚아가며 살아갈 수 있기를 소망합니다.

실패인 줄 알았지만…

21년 전 충북 청주에서 사역이 무엇인지도 제대로 모른 채 징검다리 선교회 사역을 시작했습니다.

아무것도 모르고 이것저것 내가 하고 싶은 것들을 하나하나 열심히 하다가 많은 실수와 실패를 경험하고 모든 것을 잃어버리고 결국 사람들이 보기에는 실패했다는 마음을 남겨 놓고 서울로 올라온 경험이 있습니다.

그 아픔에서 다시 회복하며 새롭게 사역을 시작한 지 8년이 흘렀는데, 오늘 그 아무것도 모르고 했던 징검다리 사역을 통해 은혜 받았던 여고생을 만났습니다.

이제는 네 명의 아이를 위해 간절히 기도하는 엄마가 되어 있었습니다.

오늘은 그분의 자녀가 있는 비전교회에서 4일 간의 천국 잔치를 치렀습니다.

진짜 모든 영광 하나님께 올리며 주님께 감사 감격뿐입니다.

부디 잘 자라 주렴

오늘 저녁은 몇 년 만에 처음으로, 아니 이제는 주님 오실 때 까지 다시는 없을지도 모르는 영락교회 주일학교 소년부 친구들과 예배를 드렸습니다.

저는 청소년 사역자이기에 제가 만날 수 있는 대상은 청소년, 청년, 그리고 부모세대와 교사들입니다.

그들을 만나 예배를 드리는 일이 저의 사명이기에 그동안 종종 어린이 부서에서 연락이 와도 제 능력도 안 될뿐더러 저보다 더 좋은 사역자들을 늘 소개하곤 했는데, 지난번 영락교회 부모 세미나를 끝내고 담당 전도사님이 정말 거절할 수 없도록 연락을 주셔서 (물론 이제는 부득이한 경우도 없을 것 같습니다 ^^) 정말 어렵게 주일학교 친구들을 만났습니다.

다행히도 어찌나 착하고 얌전히 잘 들어 주던 지요.

어린이 기도회를 인도해 본 지 오래 전이라 어떻게 할지 몰라 그냥 청소년들에게 했던 것처럼 기도하자고 요청을 했는데 갑자기들 올라와 기도를 하는 거였습니다.

그냥 모든 것이 감사입니다.^^

부디 잘 자라 주어서 시간이 흘러 중등부가 되면 꼭 다시 만나서 예배도 드리고 고등부가 되어 함께 비전도 나누기를 기대합니다.

청년부가 되면 함께 같은 사명을 나누며 마음을 나누고, 장년이 될 때 그대들의 모습을 보며 다시 한 번 한국교회의 미래를 위해 감사하게 되기를… 그날을 기대하며 기다려봅니다.

오늘도 그저 무사히 도우시고 지키신 주님께 감사를 드립니다.

기름 만땅 천국 구급차

일주일 중에 제일 좋아하는 날을 꼽으라고 한다면 아마 서슴없이 저는 월요일 오후라고 말할 것입니다.

지난 5년 전부터 순회 설교 사역을 하는 저는 예배가 있는 모든 날은 거의 한국교회를 돌아다니며 말씀을 전하며 다음세대를 세워가는 사역을 하고 있답니다.

그러다 보니 말씀을 듣는 시간보다 말씀을 전해야 하는 시간이 많아져 가는데, 물론 인터넷으로 매일 한 두 편의 설교를 듣고는 있지만 녹음 파일과 현장에서 드리는 예배의 감동은 정말 차원이 다른 주님의 은혜가 있습니다.

그래서 말하는 자리가 아닌 듣는 자리의 예배를 항상 사모하게 된답니다. 그러기에 주일 밤 열두시 철야와 월요일 오후에는 사랑하는 스승님과 사랑하는 선배님들과 사랑하는 우리 학생들과 함께 드리는 예배가 있기에

어떤 일이 있어도 월요일 오후에는 다른 사역을 거의 잡지 않고 저의 영을 채우는 시간을 가지고 있습니다.

지난밤에도 원 없이 은혜를 채우시고 이제 다시 오늘 오후에도 주님이 허락하실 말씀이 언제나 기대가 되어 집니다.

달리는 자동차에 기름이 떨어지면 아무리 좋은 차도 그 자리에 서 버리듯이 겉모습만 좋은 차가 되려하지 말고 언제든지 복음 싣고 달릴 수 있는 기름 만땅(성령충만 만땅)인 그런 주님의 제자로 하루하루를 잘 달려갈 수 있기를 바랍니다.

오늘도 주유소에서 기름 넣고 정비소에서 점검받는 천국 구급차가 되어 잘 준비해서 오늘 저녁부터 다시 한국교회와 특히 다음세대들 가운데 영적으로 아파하는 이들을 도울 수 있도록 씽씽 달려가는 그런 한주가 되기를 소망합니다.

내 영혼의 은혜 관리

오늘을 살아가며 행하는 많은 일들 중에 천국을 준비하는 일보다 더 중요한 것이 생겼다면, 이미 내 영혼에 문제가 생겨지기 시작한 것이라 생각해야 하지요.

내 통장에 입출금 잔액을 자주 확인하며 재정 관리를 철저히 하듯이 내 영혼의 은혜 관리를 정확히 하여 날마다 은혜를 체험하며 사명대로 복음을 전해야 할 것입니다.

"예수님의 심장을 가져라!"

오늘 밤은 서울 벧엘교회에서 중고청 학생들과 함께 예배를 드리고 나옵니다.

세미나실 문 앞에 적혀있는 "벧엘의 젊은이들여, 예수님의 심장을 가져라!" 라는 문구가 저의 심장에도 훅 새겨집니다.

정말 이 시대의 믿음의 젊은이들이 우리의 심장이 아닌 예수님의 심장으로 살아갈 수 있으면 얼마나 좋을까요.

정말 생각만 해도 가슴이 뛰고 행복해지고 가슴이 저려지는 최고의 표어입니다.

끝까지 함께해 준 담임목사님도, 끝까지 말씀을 잘 들어주고 마지막에 진심으로 눈물로 기도하던 선생님들도 기억에 남습니다.

학생들의 기도와 그들의 미소가 참 인상적인 예배였습니다.

정말 감사한 그런 예배를 드렸습니다.

'청소년 그리고 예수복음'

오늘 오전은 서산에서 '청소년 그리고 예수 복음'이라는 주제로 성결교단
의 청소년부 선생님들과 임원들을 대상으로 말씀을 나누었습니다.

세 단어가 그 자체만으로도 제 가슴을 설레게 하고 벅차게 만듭니다. ^^

늘 들어도 좋은 단어들, 청소년… 예수… 복음… 그리고 그 안에 함께 서
있는, 부족한 나의 모습조차 사용하시는 하나님…

생각만 해도 눈물 나고 생각만 해도 가슴이 벅찹니다.

청소년을 사랑하고 예수님과 복음을 사랑하는 이들과 행복한 예배를 드
리고 나옵니다.

아침부터 기분이 상쾌합니다.^^

"천국에서 만납시다"

오늘 밤 예배 말씀 제목이 "천국에서 만납시다"였습니다.

아직 제 나이가 엄청나게 많은 것은 아니지만 언제나 소망하기는 천국까지 무사히 들어갈 수 있는 주인공이 되는 것입니다. 천국이 소망이기에 매일 설교의 중심은 천국에 들어갈 자격을 갖추는 것입니다.

"고린도후서 7장 10절"의 말씀처럼 천국의 주인공이 되기 위해 우리의 모든 근심이 오직 하나님의 뜻대로 회개를 위한 근심이어야지 세상 근심에 매여 있음은 사망이라 하였습니다.

오늘도, 내일도, 앞으로도 나의 삶 속의 모든 근심은 세상의 먹고사는 문제가 아닌 나의 죄와 싸워 회개함으로 구원함을 이루는 근심이 되어야 합니다.

그렇게 되기를 기도하며 오늘도 주신 은혜에 늘 감사입니다.

반드시 다시 필 꽃

오늘 밤은 포항 기쁨의 교회에서 청소년들과 개학부흥회를 섬기고 나옵니다.

사랑하는 아우 정원희 전도사가 섬기고 있고, 학생들은 이미 여러 번의 만남으로 서로가 참 좋아하는 사이지요. ^^

이번 예배의 주제가 이사야서의 "피우리라."입니다.

우리들이 살아가는 삶 속에서 전혀 예상도 못한 광야도 만나고 사막도 만나지만 그곳에서도 기뻐하고 즐거워할 수 있는 이유는 오직 하나, 반드시 다시 꽃이 필 것을 믿기 때문이지요.

우리들의 삶 속에서 매일 은혜의 꽃이 피워지길 소망하며 오늘도 친구들과 함께 기도하며 마음을 모아봅니다.

주님께도, 함께하는 동역자와 아이들에게도 그저 감사입니다

은혜는 받아 봐야 알지요

맛있는 음식은 먹어 봐야 맛을 알고,
주님의 은혜는 받아 봐야 알 수 있지요.
때마다 일마다 도우시고 지키시고 건지시는 하나님의 은혜를
오늘도 깨달았기에 그저 감사와 감격으로 주님만 찬양하며
다시 하루를 살아갈 뿐입니다.

축복의 세대

"다포 세대 no! 축복 세대 yes!"^^ 대전 알곡교회에서 오늘 밤에 함께 드린 청년부 헌신예배 주제입니다.

비록 아직은 숫자가 많지 않고 대부분 어르신들이 많았지만 다시 한번 세상에 많은 청년들이 포기 세대로 간다하더라도 과감히 "no!" 라고 외치며 이제는 주님이 주시는 축복의 세대로 가자고 함께 은혜를 나누었습니다. 세상이 원하는 그런 축복이 아닌 오직 주님이 주시는 하늘의 축복, 복 받을 사람은 복 받을 짓을 해야 하고 벌 받을 사람은 벌 받을 짓을 한다고 했으니 정말 이제는 알곡교회 청년들과 더욱 주님이 주시는 평안과 축복을 누리도록 함께 기도해야겠습니다.^^

오늘도 항상 도우신 주님께 감사를 드립니다.

"네가 나를 사랑하느냐"

내일 저녁 대구에서 두 번의 집회가 있어서 포항에서 사역을 마치고 그냥
내일 이동하고 싶었지만 집에 있는 가족이 보고 싶어 늦은 새벽이 조금은
무리가 되도 집에 올라갑니다.

날마다 감사이고 행복입니다.

돌아갈 수 있는 집과 언제나 사랑하는 가족들이 함께 하고 있으니까요.

게다가 오래 이동하는 차안이 전혀 지루하지 않고 때로는 뜨거운 예배의
현장이 되기도, 다양한 쉼터가 되기도 하니 그것도 감사이지요.

오늘도 차안에서 받은 은혜를 나누어 봅니다.

예수님은 아끼는 제자들과 사람에게는 반드시 질문을 하신답니다.

"네가 나를 사랑하느냐."

다른 그 어떤 능력과 재능이 있는지를 질문 하는 것이 아니라 그저 "네가 나를 사랑하느냐."

"오 주님 당신만이 아십니다"

오늘도 주님은 우리에게도 동일하게 질문하십니다.

"네가 나를 사랑하느냐."

그러기에 우리들도 변함없는 고백은 "오 주님 당신만이 아십니다."입니다. 그리고 이어지는 명령은 "가서 네 어린양을 먹이라." 뿐이지요.

그리고 이제는 우리도 주님께 "다윗의 자손 예수여 나를 불쌍히 여기소서"라고 부르짖었던 소경 바디매오처럼 부르짖어 질문하며 매달릴 수 있는 믿음을 가지어 나의 살아가는 모든 환경과 상황과는 아무 상관없이 주님께 두 손 들고 "다윗의 자손 예수여 나를 불쌍히 여겨달라"고 부르짖어야 합니다.

그리고 "가라 네 믿음이 너를 구원하였노라."라는 답변을 듣고 두 눈을 뜨고 새로운 인생을 살았던 바디매오처럼 지난 날 나의 죄에 눌려 감겨있던 눈을 뜨고서 새로운 인생을 살아가는 하나님의 자녀가 되어야 할 것입니다.

이제는 정말 날마다 주님께 질문을 받을 수 있는 사람이 될 수 있기를, 그리고 이제는 주님을 부를 수 있는 인생이 되기를 진심으로 다시 소망해 봅니다.

가장 큰 은혜를 받는 사람

요즘 부흥회는 대부분 저녁만 하거나 새벽 저녁인데

그래도 아직 여전히 오전 부흥회를 하는 교회들이 있답니다. ^^

그렇게 하루에 세 번씩 이어지는 부흥회를 통해서

가장 큰 은혜를 받는 사람이 누구인지를 생각해 보면

아마 부흥회를 인도하는 강사인 저일 것입니다.

왜냐면 모인 숫자가 적든 많든 한 번의 예배를 섬기기 위해

준비하고 또 준비해야 하거든요.

그러다 보니 준비하다 은혜 받고

모인 숫자와 상관없이 설교하다 은혜 받고

다 끝나면 감사해서 은혜 받고

오늘도 오전부터 아주 주시는 은혜가 폭발입니다. ^^

한국교회의 흥부와 놀부

오늘 밤 철야에서 흥부와 놀부 이야기로 은혜를 나누었습니다. ^^

다친 제비 다리를 고쳐주고 살려주어 복 받아 복 터진 흥부 가족과 자녀들이 있다면, 건강한 제비를 유혹해 다리를 부러뜨리고 제비를 이용해 복을 챙기길 원했던 놀부는 박 터지도록 벌을 받았던 모습이 있지요.

지금 이 시대도 아프고 상처받은 영혼들을 돌보며 고쳐주고 살려주려 애쓰는 믿음의 사람들이 주님의 은혜의 축복을 받지만 교회를, 복음을 이용하고 많은 영혼들을 다치게 하고 자신의 잇속만 챙기는 사람들은 결국 주님 앞에 대가를 치릅니다.

그러한 모습이 보여지기에 오늘 이 시대에도 흥부와 놀부의 이야기가 한국교회 안에서, 우리들의 삶 속에서 그대로 이루어지고 있음을 깨닫습니다.

부디 주님을 이용하고 교회와 영혼들을 아프게 하는 일을 멈추고 다시 진실함으로 하루하루를 살아가며 주님이 주신 사명의 길을 바르게 걸어가야만 할 것입니다.

성령을 받을 수 있는 선택

하나님이 인간에게 주신 최초의 기회는 "아담아 네가 어디에 있느냐" 이고, 인간에게 주신 마지막 기회는 "성령을 받으라"입니다.

이제 우리에게 주어진 마지막 기회를 놓치지 말고 이제라도 성령을 받을 수 있는 선택을 해야 할 것입니다.

오늘 결단하고 오늘 회개하고 오늘 주님만을 바라보며 선택을 해야만 우리에게는 다음의 미래가 있을 것입니다.

기회는 놓치면 언제 다시 올지 모르는 것이니 한 번의 선택이 우리의 평생을 결정할 수 있을 것입니다. 오늘이 바로 그날입니다.

날 변화시킨 예수님

오늘 밤은 공주에서 성결교단 청주 지방회 청소년부 주최로 열리는
청소년 캠프에서 첫째 날 말씀을 섬기고 나옵니다.
청주에 있는 청소년들을 만나니 좋습니다.
이유는 간단하지요. 제가 청주 출신이잖아요. ^^
같은 초등학교와 중학교, 고등학교를 다녔던 친구들을 만나
청소년 시절에 날 변화시킨 예수님 이야기를 나누는 일은
그냥 조건 없이 행복입니다.
때로는 무서운 말씀 앞에 경고도 하고 때로는 축복의 말씀 앞에
위로도 도전도 하면서 그렇게 같은 마음을 나누고 나옵니다.
앞으로도 청주에서 하나님의 사람들이 더욱 많이 나오고
하나님의 일꾼들이 더욱 많이 나오기를 진심으로 바라며
오늘도 주님께 감사입니다.

믿음이 없으면 눈치라도…

오늘 밤 오랜만에 교회에서 예배자들과 예배를 드렸습니다.

이분들이 저를 위해 매일 중보를 해 주시는 소중한 중보자들입니다.

사실 목사라는 직함 때문에 성도들 앞에서 설교를 하긴 하지만

생각해 보면 저보다도 더 주님을 사랑하는 소중한 예배자들이지요.

오늘 나눈 말씀입니다.

믿음이 없으면 눈치라도 키워서 주님의 뜻을 깨달아

순종하며 따라가 기회를 잡아야 한다고요.

주님이 주시는 고난도 다 이유가 있습니다.

내게 주어지는 모든 환경 속에

주님의 뜻을 눈치 채고 순종하며 따를 수 있기를,

다시 한 번 부흥을 주소서 찬양하며 오늘도 두 손 들고 나갑니다.

주의 영광 다시 바라볼 수 있길 소망합니다.

하나님의 작품

며칠 전에는 강릉에서 푸른 바다와 하늘을 보여주시더니,
오늘은 울산 도시 한복판에서 푸른 산과 하늘을 보여주십니다.
정말 그 어느 것 하나 주님의 손길이 안 미친 것이 전혀 없는
하나님의 작품입니다.
모처럼 오후에 시간이 나서 한 시간 울산 대공원에 가서
산길도 걷고 새로 만들어진 소녀상도 보고,
높은 건물 사이에 파란 하늘도 봅니다.
아직은 쌀쌀한 날씨라 봄꽃이 거의 없지만 이제 곧 꽃을 피우려는
나무의 모습들을 보니 정말 봄이 오려나 봅니다. ^^
등산길은 숨이 차고 힘이 들어도
도심 속 답답한 일상을 밀어내고 상쾌한 산소를 들이키게 하지요.
오늘 밤 주어지는 집회도 새롭게 다시 파이팅해 봅니다.^^

누구를 만나 무엇을 배우느냐…

오후에는 전주 사대부고에서 신입생들 대상으로 신앙 강좌 특강을 했습니다.

하나님을 믿으면 무엇이 좋아지는지 그리고 제가 고등학교 때 만난 하나님 이야기로 그 어느 시간보다 신입생들이기에 힘을 내서 전했습니다.

그런데 강의 중간부터 갑자기 몇몇 녀석들이 눈가가 빨개져서 끝까지 고생을 했습니다.

아이들입니다.

이제 고등학교 1학년 아이들.

누구를 만나 무엇을 배우느냐에 따라 미래가 달라질 것입니다.

끝나고 나오며 한 선생님 만났는데, 그 선생님은 십년 전 청년부 수련회 때 만난 청년이었습니다.

이제 교사가 되어 아이들 옆에 있네요.

금방입니다.

이 아이들 십 년 후에 다시 만날 때도 그때까지 더 열심히 복음 들고 살아가야겠습니다. ^^

아무것도 받지 못한다 할지라도…

생각해 보자.

하나님이 나에게 안 해 준 것이 도대체 무엇이 있는지…

언제나 최상이요,

최고로 내게 허락해 주셨는데 더 이상 뭐가 부족해서 불안해하는가.

앞으로 하나님께 아무것도 받지 못한다 할지라도…

돌아보면 지금까지 받은 것만으로도

이미 과분한 사랑을 받았음을 알기에…

오늘도 최상과 최고를 내게 허락하신 주님께 드릴 것은

오직 감사와 감격뿐입니다.

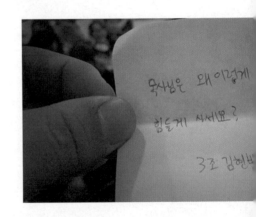

은혜 관리

은혜를 받았던 하나님 말씀이 기억이 난다는 사실은 아직은 그 은혜 아래 있다는 것이지만 은혜 받았던 말씀이 기억이 나지 않는다는 사실은 죄에 마음이 어두워졌다는 것을 말한답니다.

그러니 우리는 순간순간 하나님 말씀이 기억나도록 반드시 주신 은혜 관리를 해서 좋을 때에도, 힘들 때에도, 행여나 죄의 유혹을 받는 순간에도 하나님 말씀 아래 거하며 보호를 받아야 한답니다.

실수로 받은 큰 은혜

이제 양산 평산교회 디모데반 친구들과의 두 번째 강의를 마치고 나옵니다. 강의 끝에 아이들에게 무작위 질문을 받는 시간이 있었는데, 한 친구가 물어봅니다.

"목사님은 왜 이렇게 힘들게 사세요?"

잠시 멍하니 생각하길 '어쩌면 아이들이 보기에도 내가 참 힘들게 사는구나. 아니 내 페친들도 나를 보며 참 힘들게 산다고 생각할 수 있겠구나'라는 생각을 해 보았습니다. 그래서 뭐라고 답변했냐면요.

"고등학교 때 실수로 너무 큰 은혜를 받아서. 그러니 너희들도 조심해! 오늘 너무 큰 은혜 받으면 너희들도 힘들게 살아야 돼."

어쩌면 이 똑같은 질문을 우리 예수님께도 열한 제자와 사도바울, 아니 성경의 모든 인물에게도 물어보고 싶습니다.

왜 그렇게 힘든 삶을 사셨는지. 그렇게 살지 않아도 얼마든지 편하고 이 땅에서 누리는 삶을 살 수 있었을 텐데 말이지요.

아마도 그들이 받은 큰 은혜… 큰사랑… 그 사랑의 힘이 모든 분들이 이 땅에서 영광이 아닌 고난과 희생의 삶을 선택하게 만든 것이겠지요.

돌아보면 전 힘들게 살지는 않아요.

아직은 과분한 사랑을 받고 있고 친구 목사님이 국민시체라는 별명을 만들어 줘서 많은 친구들이 걱정해 주지만 그래도 하루하루 행복하게, 감사하게 열심히 달려가고 있습니다.

조금 더 주님을 위해, 복음을 위해 힘들게 살아갈 수 있기를 소망합니다.

그렇게 살아가며 다음세대가 살아나는 모습들을 다시 한 번 바라보며 살기를 진심으로 기대해봅니다.

사랑하는 믿음의 친구들과 함께 이 길을 걸어갈 수 있음이 감사입니다.

다시 시작

오늘 오전은 징검다리 캠프에서 주제특강으로 섬깁니다.

한 번 한 번 최선을 다해 아이들에게 다시 시작의 기회를 전해 봅니다.

회개로 다시 시작한 베드로에게는 영혼 구원의 열매가 주어졌지만 다시 시작을 자책으로 시작한 유다에게는 자살로 결론이 난 것을 배워가며 이 제 내가 베드로가 될 것인지, 유다가 될 것인지를 선택하는 시간을 눈물로 가져보았습니다.

울어야지요. 우는 것 외에는 다른 길은 없으니 그저 주님이 지키시고 도 우시기만을 기도하며 오늘도 새롭게 다시 시작으로 새로운 역전 승리를 꿈꾸어 봅니다. ^^

오늘도 이 하루를 어떻게 살아야 할지 힘내서 기도하며 파이팅입니다.

숨겨 놓으신 예배자들

정말 오늘 밤은 하나님의 은혜로 예배를 드릴 수 있었습니다.

새벽이 될 때까지 꼭 만나서 들어야 할 이야기를 듣게 하시고 만나야할 사람을 만나게 하시고 전해야 할 말씀을 전하게 하신 주님의 은혜를 바라봅니다.

부천에 하나님이 숨겨놓으신 예배자들, 소돔과 고모라가 무너져 갈 때 찾아내지 못한 열 명의 의인이 그래도 지금 대한민국 곳곳이 숨겨져 있습니다. 그것을 알기에 오늘도 부족한 우리들이 드리는 예배를 통해 주님이 이 땅을 긍휼히 여겨 주시길 바랄뿐입니다.

우리가 불렀던 찬양대로 바라던 천국에 올라갈 수 있는 그날을 기다리며 오늘도 진심으로 주님 앞에 감사와 찬양만 올려드립니다.

구원의 감격으로 살라

"구원의 감격으로 살라." 충무성결교회 청소년부 여름수련회 주제입니다.

정말 이 땅을 살아가는 믿음의 사람들 중에서 구원의 감격으로 살아가는 사람들이 몇 명이나 있을까요?

게다가 힘들고 모진 시간을 믿음으로 견뎌 낸 어른세대가 아니라 부모 따라 교회를 다닌 다음세대 중에는 과연 몇 명이나 구원의 감격을 가지고 살아갈 수 있을까요.

그럼에도 불구하고 오늘도 나 같은 죄인을 사랑하시는 주님 앞에 구원의 감격을 나누며 하루를 살아가 봅니다.

하나님 나라를 지킬 때

우리가 하나님 나라를 지키고 있을 때 하나님도 우리를 지켜주신답니다. 먼저 그의 나라와 그의 의를 구할 때 하나님은 우리를 먼저 지켜주심을 잊지 말아야 합니다.

나에게, 가정에, 교회에 어려움이 없게 해 달라고 기도하지 말고 오히려 더 하나님 나라를 지켜달라고 기도하며 싸울 때 하나님이 더욱 나와 가정과 교회를 지켜주신답니다.

우리가 지금 부족해도 예배와 복음의 자리를 지키고 있을 때 그 모습을 바라보시는 하나님이 비록 우리가 부족하고 연약해도 우리를 끝까지 지켜주실 것임을 믿습니다.

오늘도 하나님께서 우리에게 말씀 하십니다

"아들아, 딸아, 네가 복음을 지키거라! 하나님 나라를 지켜가거라. 그리하면 내가 너희를 반드시 지켜주리라."

탁지원 소장
현대종교 👥 ▼

이단 사역 중반, 임우현 목사와 징검다리를 만난 것은 저에겐 큰 기쁨이었습니다. 이단과의 싸움만큼이나 치열하게 사역하며 살아가는 그가 지금껏 그래 왔듯이 부디 그 첫 마음을 잊지 말고 앞으로도 최선을 다해 사역을 잘 감당하길 소망할 뿐입니다. 아울러 그의 귀한 삶을 담은 책이 출간되었으니 어찌 기뻐하지 않을 수 있겠고, 추천하지 않을 수 있겠는가 싶네요.
그저 우리의 길이 조금씩은 다르지만 끝내는 한길에서 하나가 되어 부끄럼 없이 만나게 될 것을 기대합니다.

👍 Like   💬 Comment   ➤ Share

 임우현 모양과 방법은 다르지만 다음세대를 살리는 가장 소중한 사명의 길에 소장님과 함께함이 늘 감사입니다. 한국교회와 모든 사역자들이 소장님의 건강과 영적 전쟁의 승리를 위해 늘 기도합니다.

윤은성 목사
한국어깨동무사역원 대표 👥 ▼

사랑하는 동역자 임우현 목사님은 정말 생각 없이 사는 사람입니다. 생각이 있거나 많으면 그렇게 못 삽니다. 자기 밥그릇 생각, 자기 명예 생각, 자기 앞날 생각, 자기 영향력 생각… 이런 생각들이 없습니다. 자기를 넘어서야 진정한 신앙의 길로 들어설 수 있습니다. 임우현 목사님 책을 통해 많은 분이 진정한 신앙의 길로 들어서게 되기를 기도하며 기쁨으로 이 책을 추천합니다!

👍 Like   💬 Comment   ➤ Share

 임우현 방법을 잘 모르고 고민만 하고 있을 때 조건 없이 후배들에게 어깨를 밟고 지나가라 말씀해주신 목사님의 페북 글 하나로 저의 많은 고민이 해결되었답니다. 그 어깨 제가 좀 밟겠습니다. ^^ 늘 감사해요

장종택 목사
『온유야, 아빠야』 저자 👥 ▼

말은 참 무섭습니다. 한번 내뱉고 나면 다시 주워 담을 수 없기 때문입니다. 그런데 말보다 더 무서운 것이 있습니다. 글입니다. 글을 쓰고 나면 그 글대로 살아가야 합니다. 말은 그 사람을 나타내는 인격이지만 글은 인격 너머에 있는 그 사람의 존재를 나타낸다는 것이 제 생각입니다. 이번 임우현 목사가 쓴 책은 그의 모든 것을 담고 있는 삶입니다. 그가 말해왔고 써왔던 글들을 오랫동안 접해왔고 말과 글에 책임을 지는 삶을 봐 왔습니다. 그래서 저는 이리 살아와 줘서 고맙다는 감사의 말과 더불어 이 책을 적극적으로 추천합니다.

👍 Like   💬 Comment   ➡ Share

임우현 어느 날 저의 삶과 사역에 혜성처럼 나타나 즐거움을 주다가, 걱정을 주다가 이제는 매일 놀라움을 주시는 목사님과의 만남은 아마도 제 사역에 주님이 주신 선물 같은 만남 같습니다. ^^
늘 관절 조심하세요. ㅋㅋㅋ

강명식
찬양사역자 · 숭실대 음악원 교수 👥 ▼

한국교회와 다음세대의 회복과 부흥을 위해서 항상 전심전력을 다하시는 임우현 목사님과 귀한 사역을 응원하고 축복합니다! 이 책이 하나님 나라의 소망을 전하는 귀한 통로가 되길 기도합니다.

👍 Like   💬 Comment   ➡ Share

임우현 형님을 형님이라 할 수 있음이 제게는 감사이고 행복입니다.^^
저의 청년시절부터 형님의 찬양으로 많은 묵상과 은혜를 누리며 살았기에 지금도 그때의 그 마음 그대로 간직하며 잘 살아가 보겠습니다. 늘 같은 모습, 같은 자리에 있어 주셔서 감사입니다.^^ 어여 또 뵈러 갈게요.

"어렸을 적, 나중에 훌륭한 사람 되어야지라고 생각하지만
이제는 그냥 하루하루 주어지는 시간에 최선을 다할 뿐입니다.
1년 365일을 날마다 똑같은 마음으로 살다보니
시간이 정말 빠르게 흘러갑니다.
오늘 하루도 주님 앞에서 정말 잘 살고 싶습니다."

_ 빌립보서 3:14
푯대를 향하여 그리스도 예수 안에서
하나님이 위에서 부르신 부름의 상을 위하여 달려가노라

Part 2
생각 없이 받은 도전

은혜를 기다리는 다음세대를 위해

'터널'이라는 영화 속에 명대사가 있지요.

"저 안에 사람이 있습니다! 아직 살아있는 한 사람이 있습니다."

사랑하는 후배요, 동생 사역자들에게 늘 도전합니다.

힘들고 어려워도 청소년들을 위해서 우리가 지금 뭐라도 해 보자고.

그리고 그 결과는 오로지 주님께만 맡기자고 말해 본답니다.

개학부흥회, 이제 다시 학교에 가는 친구들을 위해 한번이라도 더 은혜를 받도록 자리를 만들어 주는 일, 돈도 필요하고 사람도 필요하고 관심도 필요한 일, 많이 모여 잘되면 다행이고, 적게 모여 망하면 많은 이들에게 비난도 받고 욕도 먹고 심하면 책임도 져야하는 참 어려운 일이기에 교회 부교역자들이 감당하기 어려운 일들입니다.

특히나 어른들의 지원과 동의 없이는 행하기가 참 힘들지요.

물질도 물질이지만 한 명 한 명의 친구들을 모으는 일도 쉽지 않고 홍보도, 준비도, 진행도 어느 것 하나 쉬운 일이 없지만 그래도 또 하나의 어려운 도전을 치룬 동생 목사가 고맙습니다. 앞으로도 계속해서 이 힘든 싸움을 펼쳐나갈 사랑하는 동역자들과 후배님들에게 작은 힘이라도 줄 수 있는 그런 동역자요, 선배가 될 수 있기를 진심으로 기도해 봅니다.

오늘은 구름이 좋은 날입니다.

어딘가에서 하나님의 은혜를 기다리는 또 다른 다음세대를 만나러 오늘도 힘을 내서 달려가 봅니다.

진짜 VS 가짜

진짜는 늘 진짜라고 말하지 않습니다.

가짜들이나 자신들이 진짜라고 떠드는 것입니다.

판매 전시대에 전시 중인 보석은 가짜이고 진짜 보석은 언제나 금고 속에 보관하고 있답니다.

진짜 믿음의 사람들은 내가 진짜라고 떠들지 않으며 가짜와 싸우려하지 않는답니다.

진짜와 가짜 신앙은 평상시에는 잘 모르지만 고난이라는 상황과 환경을 만나면 차이가 생기고 미래의 결과 또한 엄청난 차이가 있습니다. 이것이 성경의 무한 반복적인 학습임을 잊지 말아야 합니다.

이제 우리가 진짜 복음을 만났다면 진짜 복음의 사람으로 살아가도록 변해 가야 할 것입니다.

예배 때의 모습과 예배 후에 모습이 달라지는 가짜의 모습을 벗어버리고 예배와 삶 속에서 동일한 모습으로 살아가기 위해 영적싸움에서 이겨내야만 할 것입니다.

오늘도 내 안에 숨어있는 가짜와의 싸움에서 꼭 이겨 진짜의 모습으로 살아가고 싶습니다.

욕쟁이

제 어머니는 저희 고향 시장에서도 욕쟁이 아줌마였지요.

아니, 저도 초중고 때는 입에서 나오는 대부분의 언어가 욕과 비속어였답니다.

그냥 저희 형들과 부모님, 친구들도 대부분 욕을 너무너무 자연스럽게 사용하기에 저도 배웠고 아무렇지도 않게 사용을 했지요.

그나마 예수님을 만나 조금씩 변화가 일어나서 욕을 사용하지 않지만 순간순간 화가 나고 감정이 통제가 안 되면 아직도 머리에 남아있는 욕설이 나올 때도 있어 부끄럽답니다.

이것은 믿음의 문제만이 아니라, 다음세대들의 미래를 위해서라도 꼭꼭 우리들이 고치고 바꾸어야 할 문화이지요.

함께 더 노력해 보길 바랍니다.

게으름과의 승부

오늘 낮에는 아주 중요한 두개의 승부가 있었답니다.

하나는 많은 국민이 관심을 가지고 있는 바둑에 이세돌 9단과 컴퓨터 인공지능에 알파고가 벌이는, 인간과 컴퓨터의 바둑 대결입니다.

누가 이겨서 총상금 11억 원을 받을지도 관심이고 컴퓨터의 능력이 사람의 능력보다 얼마나 더 대단할지도 관심이라네요.

또 하나의 승부는 저희 하늘스쿨 아이들과 드리는 낮 예배입니다.

매일 낮밤 예배가 있습니다.

하나의 예배도 대충 드리지 않고 항상 최선을 다해야 하늘나라 상급의 주인공이 될 것이니 절대 게으르지 말고 더 간절히 사모함으로 준비하자는 말씀을 나누며 오늘도 게으름이란 놈과 더 싸워보려 합니다. ^^

양심만 지켜진다면

삼일절에 한 일본 스시집 사장님이 양심에 찔려서 이 날만큼은 일본 음식이 아닌 한국 음식을 먹어 보라고 안내글을 올렸다네요.

맞지요. 우리가 이 사회에 바라는 것은 오직 하나, 그래도 양심이지요.

여당이든 야당이든 국민들을 위한다고 하면서 언제나 자신들의 자리만을 위해서 정치를 하는 양심 없는 모습이 보일 때마다 진짜 국민들은 가슴이 무너지고 무너진답니다.

특히 세월호 사건을 보면서도, 그리고 이번에 초등 역사 교과서에 빠졌다는 위안부 용어와 한일 협정의 문제를 처리한 높은 사람들을 보면서도 말입니다.

그냥 참 많은 세상일들이 그래도 양심적으로만 돌아간다면 정말 가장 기본은 지켜질 텐데 말이지요.

생각해 보면 남들만 이야기 할 수 없네요.

열심히 목회와 사역의 현장에서 달려가는 우리에게도 언제나 큰 능력과 대단한 실력이 아닌 제일 중요하다고 말할 수 있는, 살아있는 양심을 지켜야겠지요.

늘 부끄럽습니다.

양심 있는 목회와 사역… 양심 있는 사회생활… 양심 있는 신앙생활… 양심 있는 가정생활…

그냥 다른 건 몰라도 가장 기본적인 양심만 지키며 살아가면 되는데 이것이 참 어려운 것 같습니다.

진짜 우리들이 살아가는 세상에서 조금이라도 양심이 살아있는 사람으로 그렇게 각자의 자리에서 살아갈 수 있기를 바랍니다.

정치인, 경제인, 법조인, 언론인, 그리고 목회자들과 온 국민까지요.

여호와 이레

하나님이 바로군대는 죽이고
우리들에게는 바닷속 길을 새롭게 열어주시니
모든 것을 여호와 이레로 예비해 놓으신 주님의 사랑은
오늘도 계속 이어지고 있음을 알아야합니다.
그러나 하나님이 죽이시는 바로군대가
내가 될 수도 있음을 잊지 말아야 하겠지요.
오늘은 하나님 뜻대로 제대로 살아가며
여호와 이레의 주인공이 될 수 있도록 다시 준비해야 할 것입니다.

영원히 숨길 수 없는 죄!

이번에 제주도에 내린 엄청난 폭설로 공항이 마비가 되었다는데 이것 때문에 참 안타까운 일들이 생기고 있답니다.

바로, 출장 갔다던 남편이 알고 보니 다른 내연녀와 바람을 피러 제주도에 갔다가 집에 오지 못했고 나중에 공항에 있는 장면이 뉴스에 잡히는 바람에 결국 이혼소송을 당하는 민원이 늘어나고 있다고 합니다.

사랑하는 배우자와 가족을 속이고 죄를 짓다가 걸린 일이 재수 없는 일이라고 생각하는 것이 아니라, 당사자가 죗값을 치르고 어쩌면 진짜 다시 시작 할 수 있는 마지막 기회라고 생각한다면 이것이 또 다른 기회가 될 수 있겠지요.

죄란 놈은 절대 영원히 숨길 수는 없는 것 같습니다.

다시 한 번 주님을, 또한 나를 속이지 않나 돌아봅니다.

누군가를 행복하게 합니까?

오늘 내가 누군가를 배려한 작은 말과 행동으로 상대의 마음에 행복과 감동을 줄 수도 있고 내가 무심코 행한 행동과 말 때문에 상대에게 아픔과 절망감을 줄 수도 있음을 알아야지요.

그릇을 찾아가는 중국집 배달원에게 남겨진 "드세요!"라는 메모 한 장과 음료수에 괜히 마음이 뭉클해집니다.

비행기에서 혼자서는 음식을 못 먹는 장애우 손님에게 승무원이 눈높이를 맞추어 무릎 꿇고 음식을 먹여 주자 눈물을 보였다는 손님과 이 모습을 보고 주변 사람들이 함께 눈물지었다는 이야기는 큰 감동을 줍니다.

오늘 나의 작은 행동과 말 속에 진심이 바르게 전해져 누군가를 행복하게 했는지, 아니면 나 때문에 혹시 누군가가 힘들어 하지는 않았는지 다시 돌아보게 됩니다.

기나긴 터널

주님이 나에게 어떤 큰 축복을 준다고 하여도

절대 그 축복만을 누리려고 하지 말고

주신 축복에 부끄러운 내 모습을 알기에

오히려 더 빚진 마음으로

하루하루 그 빚을 갚으며 살아가도록 애써야 할 것입니다.

기나긴 터널 끝에 반드시 광명의 빛이 쏟아짐을 알기에

이 사실을 잊지 말고 이 땅에서 살아가는 기나긴 터널을 잘 마치고

주님 앞에 서는 광명의 그날이 오기를 진심으로 소망합니다.

오늘도 더욱 주님만을 바라며 나아갑니다.

기본만 해 주었어도…

이탈리아에서 선박 사고가 났는데 그 배의 선장님이 배에 마지막 승객 한 사람까지 내리게 한 후, 더 이상 배 안에는 사람이 없는 것을 확인하고 맨 마지막으로 배에서 탈출했다고 합니다. 이를 보도하는 언론에서 그 선장님을 영웅이라 표현을 하니까 그러지 말라고 인터뷰를 했답니다.

당연한 일을 한 것뿐이라고, 가장 기본적인 일을 했는데 영웅이라는 표현은 안 맞는다고 말했다고 합니다.

사백 명이 넘는 승객들이 있었지만 많은 이들이 구조를 받고 맨 마지막으로 배에서 나오는 선장님의 모습을 뉴스로 바라보며 그냥 마음이 아팠습니다.

상황은 달라도 처음부터 세월호 아이들을 위해 그냥 가장 기본만 해 주었어도… 하는 아쉬움이 또 밀려옵니다.

나부터 기본을 더욱 잘 지켜내야죠.

회개란

회개는 잘못을 깨닫고 눈물만 흘리는 것이 아니라
반드시 깨닫고 행동을 돌이키는 것이 회개입니다.
수련회 때 예배드리며 회개하며 울었다면
절대 그것만으로 끝나서는 안 됩니다.
이제 다시 삶의 자리로 돌아가서는
반드시 행동의 변화가 있어야만 할 것입니다.

분명 변할 수 있습니다

고교생들의 56%가 10억이 생길 수만 있다면
범죄를 저지를 수 있다고 답했다는 설문조사를 봅니다.
이웃과 관계없이 나만 잘 살면 된다는 조사에서도 그렇다고 대답한
고교생은 45%였다니 이제 두 명 중에 한 명은 나만 잘살기 위해
이웃에게 어떠한 행위를 할지 모르는 세상이 되어 가는 듯합니다.
그러나 사실 놀랍지도 않습니다.
얼마든지 그렇게 생각할 수 있으나 변할 수 있다는 것을 확신하니까요.
청소년들은 분명히 잘 가르치면 변할 수 있음을 믿기에
어른 한 명이 학생 두 명에게만 그렇게 살지 말고 정직하게, 바르게
함께 사는 법을 가르치면 분명 아이들은 변할 것입니다.
'우리 아이는 아닐 거야'라는 생각을 버리고
올해도 함께 힘을 모아 봐야지요.

예수님의 제자

예수님 이 땅에 오실 때 가장 낮은 마구간 말구유에 오셨고,

예수님 이 땅을 떠나실 때 영혼 구원 사명 위해

가장 아픈 십자가를 지시며 생명을 바치셨는데,

나는 지금 예수님의 제자로 살고 싶다고 말하며

낮은 자리를 찾아다니고 있는가,

아니면 이 땅에 높은 자리에 꿈을 두고 있지는 않은가 생각해 봅니다.

나는 지금 어쩌면 이 땅에서 마지막일 수 있는 하루의 시간을 보내며

주님이 주시는 영혼 구원의 사명 위해 십자가를 지고 따라가고 있는지,

아니면 세상에서 십자가를 액세서리로 만들어

자랑하며 다니고 있는 것은 아닌지 반성해 봅니다.

정말 나는 예수님의 제자로 준비되고 있는지 돌아보며

정신 차려야 할 것입니다.

부끄러움 없는 선배

오랜만에 김연아 선수의 소식을 뉴스를 통해 접해 보았습니다.

우리나라가 피겨에 관심도 없던 시절에 피땀으로 노력해 피겨 강국이 되게 하고 많은 꿈나무들이 자라게 하며 많은 국민들이 피겨에 관심을 가지게 만들었으니 정말 최고의 선배라 하겠지요. ^^

김연아 선수의 수상경력은 적기도 어려울 정도이고 자기 관리에 너무도 철저한 것과 후배들을 키워내는 모습에 "참 귀하다"라는 칭찬이 저절로 나옵니다.

청소년 사역에도 저희도 선배님들이 계셨고 그분들을 보며 꿈을 키웠고 이제 다른 후배들이 이 사역에 꿈을 키울 텐데 더 부끄러움 없는 후배가 돼야 하고 선배가 되고픈 마음이 간절해집니다.

영원한 꿈 = 천국

"영원한 꿈을 향하여 도전하라."

중부연회 청소년들과 두 번의 예배를 마치고 헤어집니다. ^^

진짜 다음세대에게 영원한 꿈을 심어주어야 할 텐데 한 번 더 찐하게 생각해 보면 우리 기성세대가 다음세대에게 영원한 꿈이 아닌 그저 이 땅에서 들어갈 학교와 직장, 결혼과 집과 땅을 사는 일들이 진짜 행복인 것처럼 아이들의 모든 시간을 뺏어가고 있는 것은 아닌지요.

영원한 꿈은 오직 저 하늘나라 천국에 있을 텐데 아이들에게 천국을 향한 준비 시간은 주지도 않고 그저 이 땅을 위해서만 목숨 걸게 만들지는 않았는지요.

오늘도 아이들과 주님을 향해 두 손을 들어 다시 주님이 하실 일들을 기다리자 말해봅니다.

만나와 생수

사역자는 언제나 자기 영혼을 가장 사랑할 줄 알아야 합니다. 자기 영혼을 사랑하는 방법은 자기 영혼을 더 충만하게 유지하는 것이겠지요.

엄마가 건강하면 뱃속의 아이도 저절로 건강해 질수 있는 것이니 엄마가 잉태한 아이를 위해 가장 노력해야 할 것은 본인의 건강을 가장 건강하게 지켜야 하는 것입니다.

그렇다면 우리들의 영적 건강을 위해 반드시 챙겨야 하는 것은 무엇일까요?

하나님이 광야에서 주셨던 만나와 생수, 그리고 메추라기를 먹고 광야 생활을 버틴 것처럼 지금의 우리는 만나대신 말씀을, 생수대신 성령을, 메추라기대신 하나님의 능력을 받아서 날마다 영적건강을 충만하게 유지하도록 최선을 다해야 할 것입니다.

이제는 우리가 내 문제만을 해결하기 위한 예배는 멈추어야 하고 우리의 그릇을 더욱 키워 우리를 통해 살려야 할 다음세대 영혼과 나라와 민족, 그리고 한국교회와 세계와 열방을 품을 수 있어야 합니다.

날마다 새로운 만나와 생수처럼 말씀과 성령 충만을 받아서 더 건강한 영적 상태를 유지해야 하는 것이지요.

믿음의 선배

이제 첫돌이 지나 두 살이 된 시온이는

이제 네 살이 된 온유엉아가 언제나 선망의 대상입니다.

둘 다 말도 잘 안 통하고 뭐가 뭔지도 모르는 어린 아기들이지만

시온이는 언제나 온유엉아를 동경하듯 바라보고

온유는 언제나 내 동생은 내가 지킨다는 마음으로 때로는 혼도 내고

장난도 짓궂게 치지만 언제나 시온이 곁에서 지켜 주는

듬직한 엉아의 모습을 보여주고 있답니다.

오늘도 우리 아기들을 보며 배웁니다.

동생들이, 제자들이 보고 배울 수 있는 그런 믿음의 선배가 되어

후대에 좋은 영향력을 주고 낮이나 밤이나 아이들을 품에 안고

잘 지켜 줄 수 있기를 소망하며 오늘도 감사입니다.

생각이 없어야 미래가 바뀐다

진짜 승자

한국과 호주의 축구경기를 보았는데 구자철 선수가 후반 경기가 시작하자마자 부상을 당해 교체가 되었고 집회를 마치고 나오니 결과는 우리가 많이 부족했는데도 1:0으로 승리를 거두었네요. ^^

모든 언론이 골키퍼의 선방과 골을 넣은 선수들의 이야기로 가득 차 있을 때 부상당한 구자철 선수의 영상이 하나 나오는데 그의 유쾌한 한마디!

"이기는 팀이 강팀이에요."

잘하는 팀이 아니라 이기는 팀…

유쾌 통쾌 상쾌했습니다.

맞지요. 신앙도 마찬가지예요.

이 땅에서 얼마나 큰 축복을 받고 성공하느냐가 중요한 것이 아니라 영적 전쟁에서 이겨서 천국 가는 사람이 진짜 승자겠지요.

이번 주도 무조건 이기렵니다. ^^

살려주는 공권력

얼마 전, 한 여순경이 마포대교에 친구가 자살을 하러갔다는 신고 전화를 받고 한강으로 찾아가 벤치에서 울고 있던 소녀를 달래어 자살을 막았다는 기사와 사진을 보았습니다.

성적과 학교, 친구 문제로 힘들어 극단적인 선택을 하려다 여순경 언니의 진심어린 조언에 마음이 움직인 것이지요. ^^

국민들 편에서 국민들을 지키는 공직에 계신 분들이라면 날마다 이렇게 아파하는 국민들 편에서 도와주고 지켜주어야 할 것입니다.

잘못된 공권력은 힘으로 국민을 발로 누르고 약한 국민들을 가둘 수도 있기에 부디 가두고 막는 것이 아닌 지키고 살려주는 공력권이길 바라 봅니다.

잘 듣는 것

공부를 잘하는 학생들과 믿음이 좋은 성도님들의 가장 중요한 특징이 있다면 바로 잘 듣는 것이지요. ^^

들어야 할 때 딴 생각을 하고 졸거나 자버리고 딴 짓을 한다면 결국 똑같이 듣고도 아무것도 모르는 학생과 성도가 될 것입니다.

오늘 아침은 독수리 학교 친구들과의 월 정기 채플입니다.

아침 이른 시간이라 강사인 저도 피곤해서 눈꺼풀이 무거운데도 학생들은 처음부터 끝까지 밝은 얼굴로, 때론 진지한 얼굴로 예배에 동참을 해주었답니다.

부디 다니엘과 세 친구들 중에 새롭게 합류하는 또 한 명의 친구가 될 수 있기를 진심으로 바라며 오늘도 함께 뜻을 정하며 믿음을 지켜나가 봅니다.

다른 생각이 없습니다

최고의 선수라 불리는 어떤 선수가 인터뷰 중간에 한 이야기랍니다.

지금 무슨 생각을 하냐는 질문에

"무슨 생각을 하냐고요? 그냥 해야 하니 하는 것입니다."

라고 대답했다고 합니다.

오늘이 무슨 요일인지 때로는 날짜도, 시간도 모르는 순간이 있습니다.

페이스북이 24시간 지금 무슨 생각을 하냐고 물어올 때

예배자요 청소년 사역을 하는 목사라는 나의 신분 외에는

다른 생각이 없습니다.

어렸을 적, 나중에 훌륭한 사람 되어야지라고 생각했지만

이제는 그냥 하루하루 주어지는 시간에 최선을 다할 뿐입니다.

1년 365일을 날마다 똑같은 마음으로 살다보니

시간이 정말 빠르게 흘러갑니다.

오늘 하루도 주님 앞에서 정말 잘 살고 싶습니다.

한 번 졌다고 모두 끝난 게 아니다

누군가가 야구선수 김병현 선수의 관련 기사들을 포스팅한 내용을 봤습니다.

프로야구 선수라는 공인인데도 다혈질적이고 손가락 욕도 자주했다는 내용과 배짱이 좋다는 내용이었습니다.

우리나라 최초의 미국 메이저리그 우승 반지가 있는 선수이니 저도 조금은 알기에 재미있게 보다가 참 멋진 사진을 보았습니다.

만루 상황에 역전 만루 홈런을 맞았는데 그 모습을 웃으며 바라보는 모습입니다.

그냥 그 사진을 한참을 바라보게 되었습니다.

사람이 살아가는 게 다 이런 것이 아닌가 싶습니다.

잘 하려고 했는데, 삼진으로 잡아 멋지게 이기려고 했는데, 상대 타자가 워낙 잘 쳐서 만루 홈런을 맞아 패전투수가 되어버리는 현실에 스트레스 받아서 좌절하는 것이 아니라 그냥 그 모습조차도 인정하고 웃으며 넘길 수 있는 그런 넉넉한 마음을 가진 사람, 그런 김병현 선수가 참 멋지다고 생각해 보았습니다.

물론 그 선수의 실력과 인성과 나머지 부분의 삶은 잘 모르겠습니다.

그래도 자신의 자리를 끝까지 잘 지키고 있는 사실만으로도 박수를 쳐주고 싶습니다.

저도 목사로서, 청소년 사역자로서 징검다리 사역 20년 동안 수많은 사역의 현장에서 사단과 맞짱 뜨고 여러 크고 작은 사역을 할 때 멋지게 이기고 싶고 마무리 하고 싶을 때가 많았습니다.

그런데 때로는 내 자신이 너무 준비가 부족해서, 때로는 사단의 능력이 너무 커서 만루 역전홈런을 맞듯이 수없이 패전의 멍에를 져야할 때가 많았습니다.

그때마다 속상해서 울었고 서러워서 울었고 때로는 숨었고 때로는 도망도 다녔습니다. 아직 이 십 년 밖에는 안 해 봤지만 이제는 그냥 '세상일과 사역이란 것이 다 내 뜻대로 되는 것은 아니구나'라는 생각을 해봅니다. '이길 때도 있고 질 때도 있는 거구나'라는 생각을 하며 한 번 졌다고 모두 끝난 것이 아니니 그냥 부족한 것과 진 것을 인정하고 다시 내일을 준비해야하는 그런 여유 있는 사람으로 늘 주님 앞에 당당한 모습을 잃지 말아야겠다는 생각을 해보게 됩니다.

이제 여름 캠프사역이 시작이 됩니다.

때로는 사람이 많이 모여 잘 될 수도 있고 사람이 적게 모여 취소되거나 고생이 심할 수도 있겠지만 부디 이번 한 번으로 끝나는 것이 아닌, 시즌이 끝나야 끝나는 프로야구 경기처럼 우리들도 주님 오시는 그날까지 끝까지 포기하지 말고 한 걸음씩 잘 걸어 갈 수 있기를 진심으로 중보해 봅니다.

그리고 저도 이제 사역의 절반을 넘어선 것 같은 시간인데 이제 남은 후반전을 더욱 끝까지 잘 싸울 수 있도록 잘 준비해야겠습니다.

한 번 한 번의 사역에 내 감정이 움직이는 것이 아니라 언제나 최선을 다하고 결과를 깨끗이 인정하며 더욱 하늘나라에 도움이 되는 선수가 되도록 오늘도 최선을 다 해야겠습니다.

판사와 죄인

미국의 한 법정에서 판사가 뜬금없이 죄인에게

OO중학교를 나오지 않았냐고 물어봤고

그 질문에 판사를 바라본 죄인이 고개를 숙이고 눈물을 터트렸답니다.

30년 전 중학교에서 절친했던 동료가 한 명은 판사로,

한 명은 죄인으로 마주서게 됐답니다.

결국 둘 다 나이가 들어 변한 모습이 슬프다 말하며 웃는 판사와

아무 말도 못하고 그저 얼굴을 감싸고 웃는 죄인의 모습이

많이 안타깝습니다.

마지막 날 주님 앞에 섰을 때 우리 모습도

행여 이러지 않을까 두렵습니다.

주님은 언제나 나의 좋은 친구였는데 혹시 내가 죄 가운데 빠져 살다

심판의 대상이 되지는 않을까 돌아보며 많은 생각을 하게 됩니다.

세상의 유혹과 죄에 눌린 아이들

한 어른의 신호위반으로 사고가 났고 그 사고로 한 여고생이 차량에 깔리는 큰 사고가 일어났답니다.

깔린 여고생의 생명이 위독한 순간이었는데 주변에 있던 시민들 이십 여 명이 순식간에 달려들어 1.5톤이나 되는 차량을 들어서 여고생을 구했고 비록 중상이긴 하지만 그래도 생명을 건질 수 있었다고 합니다.

뉴스를 보며 비록 이 사고뿐만이 아니라 우리들 주변에는 수없이 많은 십 대들이 세상의 유혹과 죄에 눌려 영육이 모두 다 위험에 처한 친구들이 아주 많답니다.

부디 아이들 주변에 있는 어른들이 모두 달려들어 다시 친구들을 구해 낼 수 있기를 진심으로 바랍니다.

내면의 명품

필리핀의 한 가난한 지역에서 경찰이 되고 싶은 꼬마 친구가 밤에 공부를 해야 하고 숙제를 하기 위해 어두운 집을 나와 동네 맥도날드 매장 앞에서 매장 불빛에 의지해 공부를 하는 모습이 전 세계적으로 화제가 되었습니다.

이 사진을 본 많은 이들의 응원 덕분에 드디어 장학금을 받게 되었다는 가슴 따뜻한 기사를 보았습니다.

그리고 바로 이어서 자신을 도와준 은인의 전세금 1,600만원을 훔쳐다가 단 몇 일만에 1,000만 원짜리 명품을 사느라 흥청망청 다 써버린 대한민국 청소년의 기사를 보게 되었습니다.

잘 살고 못 산다는 것, 명품을 가지고 있다고 해서 사람이 명품이 되는 것이 아닌데 대한민국이란 나라에서는 돈 많고 높은 자리에 있는 사람들을 통해서 다음세대가 보고 자라는 모습이 건강하지 않았다는 것을 알 수 있습니다.

결국 조금만 어려워져도 작은 유혹과 타협에 무너지며 미래의 꿈을 잃어버린 채 오늘 하루를 명품으로 치장하며 흥청망청 살아가는 많은 다음세대들을 바라보며 정말 지금이 마지막 기회임을 깨닫습니다.

보여지는 명품이 아닌, 보이지는 않겠지만 사람의 내면 안에 믿음과 꿈을 명품으로 만들어 갈수 있도록 학교 교육도, 가정 교육도, 그리고 사회적인 교육의 분위기도 달라져야 합니다.

정말 지금이 마지막 기회입니다.

지금 다음 세대에게 바른 가치관과 바른 꿈을 심어주지 못한다면 더 이상의 미래는 없을 것입니다.

다음 세대를 위해 함께 마음을 모아야 할 것입니다.

진짜 믿음의 프로

"축구를 잘하는 방법은 간단해요. 다른 친구들보다 더 열심히, 더 많이 노력하면 돼요."

이영표 선수의 고백이 정말 가슴에 새겨집니다.

공부를 잘하는 방법도 더 열심히 더 많이! ^^

또한 신앙생활 잘하는 방법도 더 열심히 더 많이 예배를 드리며 주님을 사랑하는 것이지요.

젊은 친구들에게 최선을 다해서 프로가 되라고 권면하는 이영표 선수 처럼 저도 이번 여름 다음세대에게 주님을 위해 최선을 다해서 진짜 믿음의 프로가 되자고 도전하려 합니다.

이제 오늘부터 시작된 여름 캠프 사역에서 저도, 다음세대 친구들도 또한 어른들도 더 열심히 최선을 다해 함께 노력할 수 있기를 기도합니다.

위장전입

이 땅에서도 위장전입은 결국 마지막에 불법으로 처벌을 받게 되는 것처럼 천국 백성인 것처럼 위장전입을 한다면 결국 마지막 날에 걸리게 될 것이고 대가를 치르게 될 것입니다.

이제는 제발 위장전입해서 살고 있는 복음 안에 있는 불법의 사람이 되지 말고 반드시 위장전입을 해지하고 다시 제대로 복음 안으로 전입신고를 마치십시오.

당당히 천국 백성으로 살아가는 천국의 주인공이 되어야 할 것입니다.

그냥 안아 주는 것

미국의 한 동물 보호소에서 곧 안락사를 당해야 할 두 마리의 유기견이 서로를 꼭 안고 있는 사진이 전 세계를 감동시켰습니다.

세상에서 천대 받아 버려진 강아지가 곧 서로 헤어지고 안락사 당할 것을 아는지 꼭 안고 있는 사진이 페이스북에 올라오자 순식간에 수많은 사람들이 공유를 해 주어 두 시간 만에 또 다른 동물 보호가를 만나 새 생명을 얻을 수가 있었답니다.

어찌 보면 세상에서 개만도 못한 죄인의 모습으로 살아가고 있던 제가 지금도 세상에서, 가정에서, 사회와 학교에서 많이 힘들어 하는 다음세대들을 만나서 해 줄 수 있는 거라고는 그냥 안아 주는 것밖에 없습니다.

이런 저와 아이들을 위해 많은 사람들이 함께 기도해 주고 응원해 주니 어느 날 우리 주님이 저와 우리 아이들을 모두 입양해서 자녀 삼아주신 것 같습니다.

정말 개만도 못한 제 인생이 변하고 변하여 온 세상 창조주이신 하나님의 자녀가 되는 축복을 누리게 되었고 지금은 하나님 아버지의 무한한 사랑으로 이렇게 쓰임 받는 사람이 되었습니다.

다음세대 사역을 어떻게 하면 되냐고 물어보는 후배들에게, 또한 제자들에게 그저 이렇게 진심으로 아파하고 죽어가는 아이들을 안아만 주면 되는 거라고 말해주고 싶습니다.

그리고 저도 이렇게 평생 주님 품에서 안긴 채 그렇게 주님과 함께 살아가고 싶습니다.

강은도 목사
광교푸른교회 담임목사

삶의 단순성은 그리스도인의 힘입니다. 내 생각을 내려놓고 주님을 따르기 시작할 때, 비로소 진정한 자유가 시작되기 때문입니다. 임우현 목사님은 글쓰기 중독자입니다. 때론 맞춤법이 틀려도, 표현이 그다지 세련되지 못해도, 우직하게 그 믿음을 그려냅니다. 그래서 순수하고 담백합니다. 때론 그의 모습이 사랑스럽기까지 합니다. 이 책을 통해서 **나를 비워내고 그분으로 채우는** 거룩한 일상이 시작되길 바랍니다.

👍 Like 💬 Comment ➤ Share

 임우현 청소년 사역의 길을 걸어가다가 그대를 만나지 않았으면 아마도 내 수명이 십 년 줄어 들었을지도 모르겠습니다.ㅋㅋㅋ 암튼 내가 딱 강목사님 보다 하루만 더 먼저 살도록 몸 관리 할테니 그대도 함부로 일찍 죽지 마시오. ㅋㅋㅋ 가 봅시다. 이 길 끝까지! ^^

 유임근 목사
KOSTA국제총무

임!재하시는~~~
우!리 주 예수님을~~~
현!실로 느껴지도록 청소년들에게 전하는 사역자!
한국교회의 슬픔은 잃어버린 영성이 '말씀과 기도'라는 어느 사역자의 말처럼 넌센스 같은 현실이 한국교회 사역 현장에 살며시 스며들었습니다. 집회와 설교사역을 하는 데 진정 말씀과 기도에 목숨을 걸고 자신을 쳐서 굴복시키며 자신의 성경책이 닳기까지 묵상에 묵상을 거듭하며 깨달은 말씀을 정성껏 두레박으로 퍼올려 전하는 사람이 차차 줄어들고 있는 시대가 된 것입니다. 임우현 목사님은 이와 같은 강력한 세태의 현상을 거슬러 올라가며 **다음세대에게 말씀을 들고 가시는 분이십니다.** 그가 이번에 쓴 책이 반전의 제목을 들고 나왔습니다. 지금 바로, 집어 들어 읽기를 바랍니다.

👍 Like   💬 Comment   ➤ Share

임우현   목사님 생각하면 늘 죄송하고 늘 민망합니다. 중간에 있다는 자리가 얼마나 어려운지 조금은 알기에, 그저 목사님의 자리와 사명이 얼마나 소중한지를 알기에 늘 중보합니다. 부디 건강 조심하시고 오래오래 다음세대 많이 많이 살려주세요. ^^

 ## 김디모데 목사
예하운 선교회 대표 👥 ▼

청소년 사역은 소위 '돈' 잡아먹는 사역이란 말이 있을 정도로 힘들고 어려운 사역입니다. 때문에 적잖은 이들이 중도에 포기하거나 기피하는 경우도 많습니다. 그럼에도 불구하고 목사님께서는 다음세대를 위한 그 열정과 사랑으로 한결 같이 이 길을 걸어오셨습니다. 그렇게 산전수전 겪으시며 이번에 세상에 내 놓으신 목사님의 주옥같은 메시지는 저와 여러분에게 선사하는 바가 참으로 클 것입니다. 그 헌신과 노고에 박수를 드리며 적극 추천합니다.

👍 Like   💬 Comment   ➤ Share

임우현   김 목사님과의 만남은 현장에서 딱 한 번 있었지만 목사님의 자녀 같은 이모티콘을 매일 수십 수백 번을 받으며 예수님을 생각할 수 있게 하니 이 정말 얼마나 귀한 일인지요. 진심으로 축복하고 고맙다 말하고 싶습니다. 우리 진짜 한 걸음씩 잘 걸어가다 다시 만나요. ^^

"세상에 왕의 밥상이 부럽겠습니까,
아니면 고급 패밀리 레스토랑이 부럽겠습니까? ^^
그냥 함께 먹을 가족이 있고 주님 주신 사명이 있으면
그 어디나 하늘나라, 그 어느 밥상이든 천국 밥상이겠지요. ^^"

_ 시편 4:7
주께서 내 마음에 두신 기쁨은 그들의 곡식과 새 포도주가 풍성할 때보다 더하니이다

Part 3
생각 없이 생긴 기쁨

　생각이 없어야 미래가 바뀐다

함께만 있어도…

월요일부터 예빈이가 여름방학을 시작했고 이번 학기는 어찌나 공부도 열심히 하던 지요.

학업우수상도 받아 왔답니다. ^^

성적이 좋은 것을 기뻐하는 것이 아니라 스스로 공부하는 게 재미있다 말하는 것이 기뻤답니다. ^^

부디 앞으로도 자신이 좋아하는 꿈들이 생겨서 즐겁게, 신나게 공부하기를 바랍니다.

방학이라도 아빠가 캠프 사역이 시작 되서 여전히 이번에도 따로 시간은 못 냈지만 그래도 하룻밤 아빠 따라다니기 놀이를 통해 큰집에 들려 같이 피자도 먹고 삼촌이랑 운동도 하고 집회 이동 중에 차에서 자는 일도 익숙해졌답니다. ^^

그저 함께만 있어도 행복입니다.

매듭

풀어진 끈을 다시 사용하려면 반드시 끝부분 매듭을 잘 묶어야지만 다시 사용해도 다시는 풀리지 않습니다.

이처럼 사람과 사람의 만남도 항상 끝부분에 매듭을 잘 묶어야 다시 시작할 때 아무런 문제가 없을 텐데 지난 2년 동안 제대로 매듭을 묶지 못해 자꾸만 다시 풀리던 일들이 있었습니다.

그런데 오늘 오후에 하나님의 은혜로 세 명의 사역자가 서로를 향한 이해의 마음이 모여 다시금 매듭을 묶게 되었답니다.

참 행복하고 감사합니다.

주시는 사명 아래 함께 걸어가는 길속에 서로 이해하고 양보하며 서로 상대의 입장이 되어보니 예상보다 쉽게 매듭이 묶였습니다.

이제는 더욱 튼튼한 밧줄이 되어 서로를 응원하며 함께 사명을 감당하는 동지가 될 수 있으니 주님께 감사입니다.

행복이란

오늘 밤 제주에서 마지막 저녁은 사랑하는 동생들과의 즐거운 만찬을 하고 헤어집니다.

부산에서 3일간 집회해 주러 온 종화랑 제주도만 찾아오면 언제나 모든 것을 도와주는 진열이와 오희가 함께 해서 짧지만 행복한 시간을 보내게 되었습니다.

마지막 저녁은 허목사가 강력 추천한 수제 버거집에서 저녁을 먹고 함께 보냈네요. ^^

사실 매일 성도들을 대하는 사역자들은 어쩌면 가장 많이 사람들이 그리울 수도 있답니다.

좋은 사람 만나서 편안한 대화를 나누고 차 한잔과 맛난 식사 하나가 그냥 많은 피로를 다 풀어주는 행복이지요. ^^

그리고 스쳐가듯 만난 사랑하는 보성이까지… 암튼 그저 감사입니다.

우리를 위로하시는 분

이제 포항 숙소에 들어와 내일 일정을 정리하는 중에 카톡으로 온 글과 사진을 정리하다 행복한 생각에 잠겨 봅니다. ^^

오늘 낮에 저희 교회 청년 커플이 결혼식을 하게 되었는데 아내가 여러 가지를 맡아 준비하다 은비와 온유가 신랑 신부 앞에서 꽃가루를 뿌리기로 했답니다.

영리한 은비 누나는 잘할 거 같았는데 아직 개구쟁이인 온유가 살짝 걱정이 되었지요. 아니나 다를까, 결국 입장 전에 삐져서 입이 나오고 행진을 하지 않아 은비 누나 혼자 했답니다.

잘 할 줄 알고 신발도 옷도 사 입혔다는데요.

그런데 아까 영상 통화하다 기가 죽어있는 온유 얼굴이 보여 갑자기 걱정이 되어 아내에게 전화를 해서는 혼내지 말고 잘 위로해 주라고 부탁을 했네요.

일부러 그러지 않았지만 남의 결혼식에서 큰 실수를 하게 됐으니 그 어린 마음에 아이가 주눅 들까 봐 이 큰아빠는 더 걱정이 되더라고요.

그러다 우리 주님 마음도 비슷하겠구나 생각이 들었습니다.

우리들이 아무리 잘 준비해도 실수하고 넘어질 때가 있지만 우리의 실수와 실패를 탓하는 것이 아니라 오히려 우리가 더 주눅 들고 어려워할까 봐 손잡아 주며 달래시며 위로하시는 분이 우리 주님이시라는 사실이 느껴지며 울컥했답니다.

새삼 나 같이 부족한 것이 주님의 자녀라는 사실에 너무 감사하고 행복해집니다.

그리고 늘 전화만 하면 정확하게 큰아빠를 부르는 시온이는 어쩜 저렇게 간절히 무릎으로 기도하는지 보기만 해도 행복이고 감사입니다. ^^

우리 아이들 봐서라도 더더 열심히 복음을 전해야겠네요.

어떻게 해야 막내 티를 벗을 수 있을까요

오늘이 올해 들어 가장 추운 날 인 것 같습니다.

이번 겨울이 심히 걱정이 되지만 그럼에도 씩씩하게 살아가기 위해서 오랜만에 어머니 모시고 오리 한 마리를 먹으러 왔습니다. ^^

하도 추워서 만나자 마자 엄니를 꼭 끌어안았더니 일하시는 아주머니가 웃으면서 막내아들이냐고 물어보십니다. ^^

아뇨, 나는 말 한마디 안 해도 언제나 사람들은 제가 막내인 것을 아나 봅니다.

어제도 아내에게 좀 더 진지해지라 혼났는데, 어떻게 해야 막내티를 벗을 수 있을 지요.

일단 어렵게 엄니 사진 한 장 득템하고 앞으로 좀 더 진지하게 행동해서 하루하루 막내가 아닌 장남처럼 살아가도록 하오리이다. ^^

가장 반가운 믿음의 친구

저희 동네에 있는 은행에 일을 보러 들어갔는데 창구에 있던 한 자매가 저에게 "목사님~!" 하며 인사를 했습니다. 알고 보니 고등학교 때 캠프에서 만난 친구가 어느새 자라서 예쁘고 멋진 은행원이 되어있었지요.

그때부터 지금까지 저는 그 은행에서 만큼은 최고의 vip 같은 대우를 받으며 동네에서 잘 살아가고 있답니다.

이번에 그 자매가 예쁜 손글씨로 많은 이들을 행복하게 만들어 주는 페이지를 만들었는데 저에게도 "사랑해요. 번개탄"이라는 글귀를 써서 보내주었답니다.

고맙고 힘도 나고 앞으로도 더욱 믿음 안에서 승리하길 축복하고 더 많은 이들에게 예쁜 글씨로 더 많이 주님의 사랑을 전하는 자매가 되길 바랍니다.

그리고 또 다른 친구들과 다음세대들도 어디서 어떤 모습으로 살아가든지 주님이 주신 달란트로 주님 위해 잘 살아가다 언제 어디서 만나든 가장 반가운 믿음의 친구가 되기를 바라고 있습니다.

이 땅에서 각자에게 주어지는 달란트로 함께 협력하며 선한 싸움을 싸워가길 바라고 아울러 번개탄도 많이많이 사랑해 주세요.^^

가장 큰 행복

오늘도 나를 돌아보며 가장 큰 행복은

제가 예수를 믿는다는 사실입니다.

이 자체만으로도 너무나도 행복하고 감사한 밤입니다.

다음세대를 만나러 가는 길

오랜 시간을 달려서 영덕에 도착했습니다.

대개로 유명한 곳에

더 유명한 믿음의 다음세대를 만나기 위해서

막히는 고속도로를 피해 100킬로로 달려달려 왔습니다.

사실 늘 지방을 다니는 사역이지만

먼 지방을 다니는 사역은

제가 사는 지역에서 하는 사역보다

영육 간에 몇 배가 힘든 것이 사실입니다.

그런데 … 그런데 참 좋습니다. ^^

만나기 어려운 지역에서

만나기 어려운 다음세대를 만난다는 것은

최고의 기쁨이니 오늘도 변함없이

더더 열심히 전해야지요.

바다에서 잘 나온 사진 하나 올리려 셀카 찍는데

옆에서 들리는 원식간사 왈!

"쌩쇼를 합니다 ㅋㅋ"

의문의 1패를 또 당합니다. ㅋㅋ

우선순위의 행복

자신이 가야할 길을 잃어버렸던 길치가 길을 찾았을 때 무척이나 행복할 것입니다. 이처럼 오늘도 우리는 우리가 살아가야할 길을 잃어버리고 있다가 예배를 통해서 다시 우리가 가야할 길을 찾아내는 것이 가장 중요한 우선순위의 행복이 될 것입니다.

집밥이 최고여!

오늘 점심에는 아내에게 특별히 부탁한 제가 너무 좋아하는 속풀이 된장국 한 사발을 먹었답니다. ^^

그리고 교회 권사님이 저 먹으라고 직접 산에서 따다 주신 드릅 한 접시까지! ^^

세상에 왕의 밥상이 부럽겠습니까, 아니면 고급 패밀리 레스토랑이 부럽겠습니까? ^^

그냥 함께 먹을 가족이 있고 주님 주신 사명이 있으면 그 어디나 하늘나라, 그 어느 밥상이든 천국 밥상이겠지요. ^^

다들 아시다시피 최고의 평범한 진리는 역시 "집밥이 최고여!" 라는 것을 마구마구 깨닫고 있는 점심입니다.

이 밥 잘 먹고 오후에도 주어지는 자리에서 힘내서 팍팍팍 달려보렵니다. ^^

오늘도 승리입니다. ^^ 모두 다 행복하세요.

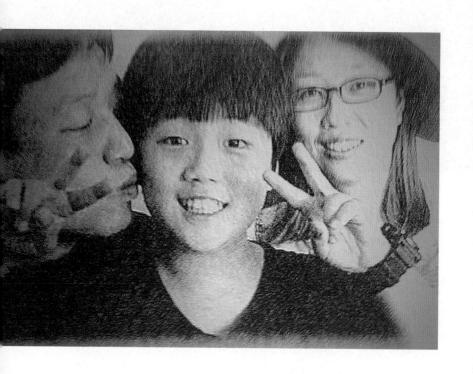

은혜의 꽃

아름다운 정원의 도시 순천에는 어느새 벚꽃이 활짝 피었답니다. ^^

날씨가 따뜻해지니 다른 해보다 더 일찍 벚꽃이 피었네요. ^^

아무리 추운 겨울이 있어도 겨울이 지나고 어느 날 따뜻한 봄날이 오면
봄꽃이 피듯이 우리 다음세대의 마음이 세상에서 겨울처럼 꽁꽁 얼어버
렸다 하더라도 주님이 말씀으로 따뜻하게 만들어 주기만 한다면 반드시
은혜의 꽃을 피우게 될 거랍니다.

지난번 예배에 성경책과 필기도구를 꼭 가져오라고 했는데 오늘은 모두
다 가져왔고요.

비록 적은 인원이지만 순천에서 목요일 뜨거운 예배를 통해 천국의 꽃들
이 피워가고 있답니다.

오늘 밤도 도와주신 주님께 그저 감사를 드립니다.

보기만 해도 힘이 되는 사람

보기만 해도 행복해지고 힘이 되는 사람이 있습니다.^^

함께 부부로 살아도 주어진 사역 때문에 자주 만날 수 없다 보니 어제는 길거리에서 음악 듣고 걸어가는 아내를 보고 그저 좋아서 한참을 웃었습니다. ^^

그냥 보고만 있어도 내게 힘을 주는 사람이지요. ^^

소식을 듣기만 해도 행복해지고 힘이 되는 사람이 있습니다.

오늘 아들 예빈이와 하늘스쿨 제자들이 나이가 되어 정식으로 입교를 했다합니다. ^^

저는 포항에서 집회가 이어지니 함께 하지는 못했지만 그저

그 소식을 듣고만 있어도 고맙고 행복하고 부디 앞으로도 믿음 안에서 잘 자라주어 이제는 정말 저희 집도 믿음의 가문이 될 수 있기를 바라며 주님께 감사할 뿐입니다.

행복한 만남

오늘과 내일 저녁은 서울 염광중학교에서 1학년 친구들과 신입생 수련회에서 함께 예배를 드립니다.

첫날 예배를 마치는데 오늘 예배는 아마 잊을 수 없는 중학생들과의 만남이 될 것 같습니다. 정말 오늘 밤처럼 일반 중학교 1학년 학생들과 아무 어려움 없이, 아무 거리낌 없이 웃으며 예배를 드리고 강의를 해 보기는 처음인 것 같습니다.

역시 아이들은 중학생 때가 가장 순수하고 예쁜 것 같습니다.

웃고 박수치고 따라하고 손으로 하트 만들고 그러다 아멘하고…

부디 이 친구들이 잘 자라 주어 올 한해가 가장 행복한 한 해가 될 수 있기를 축복해 봅니다. 이런 예쁜 친구들 만나게 해주신 주님께 감사드리며 내일도 더 기대합니다.

"월세 내는 날"

오늘 오후는 울산 신복교회 중고등부 친구들과 개학 부흥회를 섬기고 나옵니다.

어찌나 잘 들어주는지 그저 고마울 뿐입니다. ^^

특히나 애들보다 더 좋아하는 강도사님과 선생님들 덕분에 제가 더 행복했습니다.

광고 시간에 보니 "월세 내는 날" 이란 독특한 예배가 있더라고요.

월세 사는 사람이 매월 월세 내는 것처럼 한 달에 한 번 중고등부 친구들과 새벽 예배드리고 아침밥을 해 줘서 먹이는 날이 월세 내는 날이랍니다. ^^

한 달에 한 번 30여 명이 참석한다니 어찌나 기특하고 이쁜지 모르겠습니다. ^^

제가 어제 좀 무리를 해서인지 몸이 추웠는데 그래도 제가 힘을 받는 예배였네요.

암튼 감사입니다.

그래서 하나님이 좋습니다

세상에는 우리 힘으로 할 수 없는 일들이 참 많습니다.

인간관계, 가족, 돈, 미래…

아무리 노력해도 우리 힘으로, 우리 계획대로 안 되는 일들이 삶에는 너무나도 많습니다.

그래서 하나님이 좋습니다.

아버지가 나보다 더 잘 아시기에 오늘밤도 하나님께 맡기고 평안한 단잠을 이루렵니다.

내일도 하나님이 나를 이끄실 것을 믿습니다.

하나님이 아버지라 참 좋습니다.^^

소중한 보물 1호

인터넷 사이트에 회원가입 할 때 비밀번호를 잃어버릴 때를 대비해 다시 기억하기 위해 여러 질문들이 있습니다. 그중에 제가 자주 이용하는 질문은 "당신의 집에 불이 났을 때 가장 먼저 가지고 나올 물건은 무엇인가요?" 라는 질문입니다.

몇 년 전부터 꼭 성경책이라고 쓰고요.

일 년 내내 저와 꼭 붙어 다니는 소중한 보물 1호가 성경책이 되어버렸습니다.

어디를 가든지 성경책만 있으면 불안하지 않게 됐답니다.

그런데 7년 넘게 사용하던 성경책이 많이 닳고 헤져서 걱정하던 중에 원래 가격보다 비싼 소가죽으로 새로 리폼을 하게 되었습니다.

새로운 성경책이 왠지 든든하고 마음에 드네요.

함께 말씀 따라 어둠 속에 빛으로 살길 소망합니다.

1초 만에 다시 사랑하는 마음

이제 저녁집회 들어가기 전에 잠시 사진을 바라봅니다.

저희 교회에는 저를 큰아빠라 부르는 정말 끝없는 말괄량이 딸 은비와,

막을 수 없는 개구쟁이 아들 온유가 있답니다. ^^

5살 은비와 4살 온유는 서로 없으면 제일먼저 보고 싶어 하는데

만나기만 하면 정말 단 일초만 어른들이 눈을 돌려도

머리를 잡아당기고 꼬집고 싸운답니다.

어찌나 잘 싸우는지요 그리고 어찌나 금방 화해를 하는지요. ^^

그래서 주님이 어린아이 같지 않으면

내게로 올 수 없다고 하셨나봅니다.

1초 전에 싸운 일도 1초 만에 잊어버리고 다시 사랑 할 수 있는 마음.

어른들이 배우고 배워야할 어린아이들의 마음이겠지요.

그냥 좋습니다.^^

체력만 허락된다면

한 달 전쯤 부산에 있는 한 청년으로부터 메시지가 왔습니다.

청년들이 십여 명인 적은 숫자인데 이런 교회도 와 줄 수 있냐는 부탁이었습니다.

늘 말하지만 사역자들이 못가는 경우는 두 가지일 것입니다.

그 날짜에 이미 선약이 잡혀있던지 건강상의 문제이지요.

그러니 날짜만 잘 조절하고 이동경로와 체력만 허락되면 어디든 갈 수 있지요.

그래서 오늘 오후에는 부산 성은 교회를 갔습니다.

오후 예배를 같이 드리기로 해 어르신들과 십여 명의 청년들이 같이 예배 드렸고 다음세대에게 예배와 기도를 물려 달라 전했습니다.

비록 사례는 청년들이 준비한 차량의 기름 값 뿐이었지만 정성스런 감사 편지에 마음이 행복해 집니다.

하늘나라 개그맨

저는 여러 번 이전에도 밝혔지만 많은 사람처럼 무한도전의 왕팬이랍니다. ^^

거의 매주 무한도전 본방은 못 보지만 다시보기로 보고 있답니다.

때로는 산만하고 말도 안 되고 재미가 없을 때도 있었지만 그래도 그때마다 나름대로 의미 있고 즐거운 시간이었습니다.

예능을 통해서도 많은 생각을 하기도 하고 배우기도 하고 쌓인 피로를 풀기도 한답니다. ^^

이번에는 무도가요제라는 2년에 한 번 열리는 엄청 큰 무도만의 이벤트가 있었습니다.

수만 명이 모이고 엄청난 유명 가수들이 함께하고, 나온 음원들 대부분이 히트치곤 합니다.

이렇게 큰 가요제와 행사를 할 수 있는 것은 정말 무도밖에 없겠다 싶을 정도로 참 멋진 행사였고 개인적으로는 아이유가 나와 더 좋았답니다. ^^

그런데 이 엄청나게 큰 무도 가요제 행사보다 그 다음 편이 기억에 남습니다. 가족과 멀리 떨어져 먼 곳에서 지내는 가족들에게 음식을 배달해주는 어쩌면 참 작은 선물을 배달하는 무도 프로젝트였는데, 두 편 연속보며 함께 많은 눈물도 짓고 깊은 생각에 잠긴 시간이었습니다.

무한도전을 통해서 수만 수십만 수백 만 명을 즐겁게 해주는 멋진 프로젝트도 참 좋지만 어쩌면 이렇게 한 사람을, 한 가정을 기쁘게 하고 행복하게 만드는 시간이 진정한 무도의 능력이 아닐까라는 생각을 해 봅니다.

방송이지만 사과할 것은 진심으로 대신 사과하고 고마운 것은 다시 고마워하며 그렇게 사람과 사람의 마음을 이어주는 시간들이 보고 있는 것만으로도 행복해지고 감사한 시간들이었습니다. ^^

유재석씨와 저는 동갑입니다. 그러니 어쩌면 한 번도 만난 적은 없고 물론 전혀 다른 분야지만 비슷한 일을 하고 있다고 생각이 듭니다.

유재석씨는 국민들에게 행복과 즐거움과 감동을 전달해주는 방송국의 개그맨이라면 저는 이 땅의 다음세대와 영혼들에게 복음과 천국의 기쁨을 전달하는 하늘나라 개그맨일지도 모르지요.(초등학교 때 제 꿈이 코미디언이었답니다ㅋㅋㅋ)

이번 무한도전 방송처럼 제 사역이 크고 화려한 행사를 통해 사람들에게 기쁨과 즐거움을 줄 수도 있고 유명한 사역자들과 동역하며 큰일을 펼쳐갈 수도 있겠지요.

하지만 앞으로도 정말 단 한명이라도 잃어버린 주님을 만나게 하고 잃어버린 가족이 있는 천국으로 다시 돌아올 수 있게 만드는 복음의 행복한 배달부로 살아갈 수 있길 다시 한 번 작게 소망해 봅니다.

참 행복한 오후

여름 사역을 마치고 오랜만에 라디오 번개탄을 녹음했습니다.

오늘 오후에 밀려있던 수많은 만남을 폭풍처럼 만나고 나옵니다. ^^

미국에 갔다가 어제 돌아온 요한이("다시는 오래 나가지 말아라.")

사랑하는 동생 고은식 목사와 퍼스텝 멤버들("너무 즐거웠고 다음주에 또 봐요.)

대학교 때부터 변함없는 친구 우리나라 최고의 오카리나 연주자 박봉규! ^^

내일 호주로 출발하기 전에 예배일기 녹음하러 온 장종택 전도사님과 게스트로 왔다가 납치되었던 주리씨!("알지요? 그냥 보내기 싫어서 모신거랍니다!"^^)

거기다가 막판에 예원이까지 이렇게 한자리에서 다 만나기도 어려운데 오늘은 참 행복한 오후입니다.

우리의 추억

자전거를 탔다.

비가 온다.

애들이 미쳐간다.

원두막에 피했다.

007빵 하다 맞아 죽을 뻔했다.

눈치게임으로 여러 명 빗속에 뛰게 했다.

재미있다.

하늘이 맑아진다.

다 젖었는데 비가 멈춰간다.

애들이 또 미쳐간다.

치킨을 먹인다.

다시 애들이 정상으로 돌아온다.

이제 온 만큼 돌아간다.

난 자전거를 버리고 차를 탄다.

운전해 준 쌤은 비와 함께 자전거를 탄다.

썩소를 짓는다.

그래도 재미있다.

다시 아이들을 출발시킨다.

한 녀석이 목사님은 사기꾼이라 외친다.

그래도 재미있다.

이렇게 우리의 운동은 운동이 아닌 추억이 되어간다.

또 와야줘!

깜짝 선물로 주신 만남

오늘 아침에 '주님의 성령'이라는 찬양을 묵상하고 페북에 올렸습니다.

그런데 오전에 참여한 세미나에서 조금 늦게 들어가 뒷자리에 앉아서 숨을 고르고 있는데 옆에서 누군가가 어깨를 치길래 바라보니 송정미 사모님이 앉아 계시네요.

우왕! 아침에 묵상한 찬양의 목소리가 생생한데 이것 또한 주님이 깜짝 선물로 주신 만남이겠지요.

옆 테이블에 늦게 도착한 보성 목사도, 여기 어딘가 숨어 있는 많은 선후배들도, 암튼 반가운 이들을 오고가다 지나치다 얼굴이라도 볼 수 있어 감사입니다.

그저 함께할 수 있음이 기쁨이네요.

만나도 만나도 또 만나고 싶은

"어제도 오시더니 오늘도 오셨군요^^

내일도 오신다면 얼마나 좋을까요^^"

저녁에 서천 쪽으로 집회를 가다가 배가 고파 들린 중국집 홀에 붙어 있

던 현수막을 보고 저도 모르게 "아멘!" 했습니다.

짜장면이 얼마나 맛나면 어제도 오고 오늘도 왔을까요?

게다가 내일도 왔으면 좋겠다는 주인의 마음이 손님을 기분 좋게 하네요.

배고픈 저희 두 남자는 쟁반 짜장 2인분과 콩국수까지 싹 비우고 이제 만

족하게 나옵니다. ^^

저도 만나는 모든 다음세대가 만나도 만나도 또 만나고 싶은 사역자이

면 좋겠습니다.

짜장면도 맛나게 만들어 손님들 배부르게 한 것처럼 하나님 말씀 맛나게

전해서 갈급한 영혼들을 배부르게 만들면 좋겠습니다.

새 마이크처럼

어쩌면 저의 하루 일상은 1년 365일이 거의 비슷한 것 같습니다.

날마다 쉬지 않고 마이크 앞에 있어야 하는 사역.

청소년 시절, 다음세대 사역의 비전을 가지고 기도하다

노래도 못하고 잘 하는 게 없어 맨날 고민했는데

돌아보니 아무것도 못했기에 더더 주님께 매달릴 수 있었습니다.

그러다 보니 무언가를 설명하고 말하는 재주를 주님이 조금 주셨기에

그 재주 잘 살려 이렇게 매일 마이크 앞에서 복음을 전합니다.

오후에 CTS라디오 녹음하러 와서 열심히 번개탄 녹음하고 나오는데

이번에 마이크를 성능 좋은 놈으로 바꿔주었습니다.

아주 좋습니다. 새 마이크처럼요.

저도 더 성능 좋은 사역자가 되기를 소망합니다.^^

행복한 예배

오늘 오전부터 오후 저녁까지 전주 베드로 교회에서 청소년들과 일일 수련회를 섬기고 있습니다.

같이 점심을 먹는 사모님이 전도사님에게 그러셨답니다.

"진짜 큰 캠프 다니는 강사가 이런 작은 교회도 온다냐."

어찌나 전라도 사투리를 구수하게 쓰시면서 말하시는지 정말 유쾌한 점심식사였고 행복한 오전 예배였습니다.^^

결론은 불러주셔서 감사하고 이쁜 아이들 잘 교육 시켜주어서 감사하고 함께 예배드림이 행복입니다. ^^

50여 명 중에 30명의 학생들이 나와서 어찌나들 진지하게 잘 듣던 지요. 오늘 수련회가 제게는 참 감동입니다.

우리에게 가족을 주신 이유

정말 오랜만에 추석 명절에 고향에 왔다 올라갑니다.

좋았냐고요? 당연히 좋지요.

그냥 명절에 모여서 형제들, 조카들 얼굴이라도 보니 좋고 다같이 맛난 음식도 먹고 조카들 다섯 명이랑 어른들 다섯 명이 한 판에 만원씩 걸고 한 윷놀이도 4:1로 어른들이 대승을 거두었답니다.

아이들 돈을 모두 거두어 저녁 가족 회식비를 모았으니 어른들은 신났고 ㅋㅋㅋ 조카들은 명절의 기쁨이 슬픔으로 변하는 참사가 일어나기도 했답니다.

비록 잠이 부족해 다크서클이 온 얼굴을 덮었지만 그래도 어른이 되어 용돈 주는 행복함도 느껴보고 설거지 가위바위보에 스릴 넘치는 현장도 생생히 지켜보고 있으니 하나님이 우리에게 왜 가정과 가족을 주셨는지 조금 더 이해하게 됩니다.

물론 모든 시간은 아니었고 물론 중간 중간에 위기도 있었지요.

그냥 서로 간의 입장 차이로, 말 한마디의 예민함으로, 그리고 정말 오래도록 고쳐지지 않는 가족들 안에 잘못된 습관들로 충돌이 일어날 뻔 했지만 한 명이 참아주고, 한 명은 이해하고, 한 명이 노력하니 그 어느 때보다 행복한 추석을 보냈답니다.

그리고 새 하늘과 새 땅의 주인은 신랑을 기다리는 신부의 모습처럼 준비해야 하는 것이니 준비되지 않은 신부의 모습이 아니라 믿음의 사람들이 더욱 가정의 복음화와 천국을 위해서 삶으로 준비하고 애쓰는 모습이 되자고 나누기도 했습니다.

그래도 조금의 소망이라도 함께 나누고 헤어지니 마음이 좋습니다.

어머니 생신

오늘이 어머니 생신입니다.

여전히 칠순이 넘으셔도 생일은 좋으신가 봅니다. ^^

오월에는 어버이날과 엄니 생신과 암튼 한 달 내내 가족 잔치입니다.

아무튼 오래 오래 건강하게 날마다 자식들 위해 기도해 주시면서 남은 여생은 웃으면서 살아가시길 바랄뿐입니다.

형님들과 누나는 고향에 계셔서 내일 온다고 하시니 저희 먼저 엄니 생신 축하드리고 지난주 어버이날 드린 용돈 선물과 생신 용돈은 별개라는 엄니의 정확한 재정론에 입각하여 새롭게 생일 삥도 뜯겼답니다.ㅋㅋㅋ

엄니는 맛난 거 드시러 가십니다. ^^

이 또한 감사이며 행복입니다.

이 새벽이 마냥 참 좋습니다

강화도에서 사역자들과의 깊은 밤이 무르익어 가고 있습니다.

아무 프로그램 없이 오래오래 이야기들이 이어지고 있습니다.

정말 부족한 선배지만 그냥 서로가 십 년 이십 년을 먼저 이 길을 걸어왔던 마음들을 정말 진솔하게 나누며 함께했던 사역의 길을 나누었는데 참석해 준 21명의 신인 사역자들의 눈동자가 어찌나 빛나는지요.

정말 오늘부터는 형 동생처럼 함께 마음을 나누길 원하는 마음과 간절함을 알아가게 되었습니다.

왜 서로 더 일찍 챙겨주지 못했나 미안하기도 하네요.

이렇게 귀하고 좋은 동역자들을 알아가고 있습니다. ^^

이 새벽이 마냥 참 좋습니다.

나도움 목사
도움닫기 대표 👥 ▼

요즘 복잡하고 변화무쌍한 세상 속에서 무엇이 옳은지 그른지 분별이 필요한 시대인 것은 확실합니다. 더욱 그럴수록 바른 지식과 바른 행동이 필요한데, 단순히 내 생각으로 이 세상을 살아간다는 것은 실패의 지름길일 수밖에 없습니다.

임우현 목사님의 책, "생각이 없어야 미래가 바뀐다"는 우리가 단순히 아무런 생각 없이 살자는 생각의 무용론이 아니라 내 욕심, 내 생각, 나만의 계획으로 이 땅을 살아가는 것의 무용론을 말하고 있습니다.

오히려 내 생각을 내려놓고, 하나님께 온전히 우리의 인생을 맡겼을 때 우리가 생각할 수 없었고, 상상할 수 없는 놀라운 미래가 펼쳐진다는 말을 이해하기 쉽게 설명해주고 있습니다.

다들 장밋빛 미래를 꿈꾸지만 그것은 내 손안에 달려있는 것이 아니라 그분의 손안에 달려있습니다. 우리의 미래를 온전히 하나님께 맡기고 오늘을 믿음 가운데 걸어가는 우리 모든 크리스천이 되길 소망합니다.

👍 Like   💬 Comment   ➤ Share

 임우현 이번 책의 추천사에 가장 긴 글을 보내준 그대는 역시 듬직한 한국교회의 미래네요 ^^ 가는 길이 때로는 비가 오고 눈이 오고 바람이 불어 올때도 있겠지만 욕심내지 말고 한 걸음씩 한 걸음씩 잘 걸어가다 이 길 끝에서도 다시 만나자요. 화이팅! ^^

민호기 목사
『예수전』 저자 · 찬미워십 · 소망의 바다 👥 ▼

임우현 목사는 바쁜 목사입니다. 자신의 삶을 뒤로 하고 방방곡곡을 누빕니다. 또한, 임우현 목사는 생각이 없는 목사입니다. 그래서 자기 생각을 낮추고 하나님의 뜻만 구합니다. 숨 쉬듯, 기도하듯, 말 하듯 쓰인 책이라 밥 먹듯 읽어 주시길 권해드립니다.

👍 Like   💬 Comment   ➤ Share

임우현 '임우현 목사는 생각이 없는 목사다' 라는 글에서 왜 이리 마음이 뜨끔하던지 ㅋㅋㅋㅋ 우리가 함께 사도전을 만들어 낼수 있는 그날이 오기를 소망하며 오늘도 하나님 뜻대로 잘 살다가 어여 다시 한 번 뭉쳐봅시다요. ^^

 ### 전영헌 목사
『오천명을 먹이는 사람』저자 · 브니엘고 목사 ▼

임우현 목사랑 같은 길을 걸으며 지내온 지 10년입니다. 브니엘고 중생회 집회를 9년 간 부탁했습니다. 똑같은 설교의 반복이 아니었기 때문입니다. 늘 새로움을 담아내 주었습니다. 임목사는 같은 자리에 머물지 않았습니다. 묵상하고 연구하고 흔히 말하는 애들의 눈높이에 딱 맞는 목사입니다. 임목사를 모르는 사람들은 가볍다고 말하기도 하지만 10년을 지켜본 동역자인 제가 본 임목사는 결코 가볍지 않습니다. 철저히 애들의 입장에서 복음을 전달합니다. 그래서 이 책이 기대됩니다. 임목사에게 담겨있는 진수들을 쏟아냈기 때문입니다.

 Like    Comment   Share

 임우현 제가 형님 때문에 한 학교에서 9년 연속으로 부흥회 사역을 하느라고 제가 얼마나 고민하고 ㅋㅋㅋㅋ 고생을 했는지 행님은 모르실겁니다. ㅋㅋㅋㅋ 그럼에도 그 덕분에 제가 또 이 만큼 컸답니다. ^^ 감사하고 또 감사 말씀 드립니다. ^^ 어여 같이 또 가요. 소고기 한 판! ^^

"나이가 한 살 한 살 더 들어가는 요즘, 부디 나중에 잘하려고 하지 말고
오늘이라는 시간 속에 자라나는 청년들에게 부끄럽지 않은
어른의 한 사람으로 살아가야 함을 느끼게 됩니다."

_ 고린도후서 1:5
그리스도의 고난이 우리에게 넘친 것 같이
우리가 받는 위로도 그리스도로 말미암아 넘치는도다

Part 4
생각 없이 생긴 슬픔

담배로 시작되는 많은 일들

어린 친구들이 어른들이 상술로 만들어서 보급하는 비타민 담배를 장난 삼아 사서 피우는 일들이 많아진 다네요.

캠프를 다니고 집회를 다니다 보면 정말 많은 청소년들이 담배의 유혹에 힘들어 하고 있고 담배로 시작되는 많은 일들 속에 점점 죄와 가까워져 가는 그런 모습들을 봅니다.

저도 가족들이 다 담배를 많이 피우는 가정에서 자란 막내아들이기에 담배가 가족들의 몸에도 안 좋고 마음에도 안 좋다는 것을 잘 알고 있답니다.

담배가 죄라고 설교하고 싶지 않습니다.

아이들의 영육 간에 건강을 위해서라도 정말 어른들이 어른다운 그런 모습을 보여주시길 진심으로 부탁드리고 싶습니다.

잊지 말아주세요

오늘 오전과 오후 일정을 안산에서 보내며 화랑 유원지를 지나는데 여전히 세월호 합동분향소가 운영되고 있었습니다.

정말 여전히 세월호는 아무것도 제대로 밝혀진 것이 없고 게다가 2년이 넘어가도 배는 인양이 되지 않고 그대로 바닷속에 있네요.

사실 저는 우리나라가 세계적인 조선업 강국이요, 해양산업 강국인줄 알았는데 그것이 아니었나를 의심하게 됩니다.

도대체 왜 바닷속을 안 보여주는지 정말 안 하는 건지 못 하는 건지 정말 모르겠습니다.

사는 건 바쁘고 국민들은 자꾸 잊어가고 있는데 이대로 가다가 정말 흐지부지 아무런 진실도 알지도 못하고 제대로 수습도 못하고 넘어가는 것은 아닐지 갑자기 걱정도 됩니다.

그러다가 만약에 세월호 사고 때 지금 한참 언론에 나오는 권력자들의 자녀가 있었으면, 재벌들의 자녀가 있었으면 정말 그랬으면 어떻게 했을까… 생각해 봅니다.

돈 많은 부모를 만난 것도 실력이라 말하는 돈과 권력이 있다는 부모를 둔 자녀의 글을 읽으며 또한 명문대학도 돈과 권력 앞에서는 아무 소용이 없는 현실을 보면서 진짜 이 사건이 얼마나 심각한 사회적 모순인지, 또한 대한민국의 얼마나 큰 아픔인지 알아가게 됩니다.

돈 없고 빽 없는 세월호 어머니들은 이번에 몇 명이 모여서 극단을 만들어 연극 무대에 작품을 올렸답니다.

잊지 말아 달라고 말입니다.

돈 많고 빽 좋은 부모를 만난 것이 진짜 행복한 것이 아니라 진짜 행복은 올바르고 나만이 아닌, 이웃을 사랑하고 바른 모습을 보여주는 부모와 살아가는 것이 진짜 행복임을 알게 되는 날이 꼭 오리라 믿습니다.

우리들도 각자의 자리에서 바른 소리 바른 행동으로 더 나은 대한민국으로 가는 일에 작게라도 힘을 모아야 할 것입니다.

안산을 떠나며 늘 안산의 아픔을 함께 기억하며 함께 대한민국을 아끼는 작은 마음을 나누어 보고 싶습니다.

좁은 문 좁은 길, 넓은 문 넓은 길

오늘 밤은 교회에서 함께 예배를 드리며 이번 한 주 무거웠던 마음을 내려놓고 다시 한번 주님의 은혜를 채우고 내일 사역지로 떠날 준비를 합니다.

이번 한 주간은 정말 말도 안 되는 한 목회자의 비리로 세상이 난리가 났었지요.

소위 세상에서도, 사역의 현장에서도 성공했다 말할 수 있는 큰 교회의 목사님이고 방송 설교도 많이 하셨다는 유명한 목사님이라 더욱 놀랐습니다.

유명하다는 그런 세상의 기준들이 얼마나 헛된 것인지를 보여주는 참으로 슬픈 사건이었답니다.

그러더니 어제는 저녁 뉴스시간에 외국의 한 선교지에서 오래도록 선교사님으로 계셨던 분의 나쁜 소식이 계속해서 흘러 나왔습니다.

정말 오래도록 사역을 하고 이제 자리를 잡은 선교사님인줄 알았는데 신앙과 사역의 연수가 중요한 것이 아님을 알려주는 충격적인 소식이 아닐 수 없었지요.

한 주간이 정말로 어찌해야 모를 정도로 안타깝게, 힘겹게 지나가는 시간들이었답니다.

그러니 다시 한 번 이 땅에서 말하는 성공이란 기준에 신경 쓰지 말아야 할 것입니다.

사역자의 자리가 잡혀가고 조금이라도 높이 올라가고 유명세라는 것을 얻게 되는 순간부터는 오히려 더욱 사단으로부터 위험하고 힘든 싸움을 해야 하는 것임을 깨달아야 합니다.

그러기에 주님 다시 오실 때까지 좁은 문 좁은 길을 걸으라 하신 것일 텐데…

그동안 배워 온 습관대로 자꾸만 넓은 문 넓은 길을 택하려고 하는 내 모습이 보여질 때에 한없이 제자신이 초라해지곤 한답니다.

이런 뉴스들을 통해 다시 한 번 우리의 모습들을 돌아보고 또 돌아보며 이 땅에서 주어진 사명을 잘 감당하여 맡겨진 사명대로 승리하게 하시고 주님 앞에 서는 날까지 주님의 은총으로 끝까지 살아가고 싶습니다.

그래서 마지막 날 저 천국에서 주시는 상급을, 열매를 받아 누릴 수 있는 천국 백성이 될 수 있기를 소망합니다.

이 땅에서 열심히 천국 복음을 전하고 정작 내 자신은 천국을 잃어버리는 어리석은 종이 되지 않기를 바라며 그저 주만 바라보며 따르렵니다.

생각이 없어야 미래가 바뀐다

돌보고 돌봐야 합니다

중학생이 동급생을 칼로 찔러 중태에 빠뜨렸고 그 학생은 얼마 전 구속이 되었답니다.

이유는 수차례 계속되는 학원 폭력이었고 그날 아침까지도 머리와 뺨을 맞았다네요.

그냥 둘 다 너무 불쌍합니다.

제일 꿈 많은 나이에, 제일 신나고 즐거울 나이에…

선생님과도 상담을 했다고 하고 분명 아이가 폭력에 시달리는 기간 내내 많이 어두웠을 텐데 많은 어른들은 도움이 되지 못했습니다.

이 아이들뿐이겠습니까. 아무 죄 의식 없이 습관적으로 약한 아이들을 괴롭히는 친구들과 어느 날 때가 되면 반드시 복수할거라 마음에 칼을 가는 친구들…

문제는 점점 커지는데 공부만 하라고 하는 어른들이 야속한 날들입니다.

무슨 문제를 일으켜도 시험 끝나고 이야기 하자고 말하고 아무리 힘들다 말해도 시험 끝나고 말하자 하고.

진짜 이러다 우리 아이들 다 놓칠 수 있습니다.

오늘 바로 아이들과 대화도 시작하고 우리들이 모르는 무슨 아픔이 있는지, 무슨 잘못된 습관을 키우지는 않는지 돌보고 돌봐야 할 것입니다.

부디 학교와 학원에서 선생님들이 힘내 주고 교육부서 사역자와 선생님들이 힘내 주시길 진심으로 부탁드립니다.

나중에 잘하려고 하지 말고…

자신이 살던 건물에서 불이 나자 초인종을 눌러 이웃을 대피시킨 초인종 의인이라 불리는 한 이십대 젊은이의 의로운 죽음에 관한 뉴스를 보았습니다. 언제나 가장 무의미한 질문인 '나라면 어떻게 했을까' 생각해 봅니다.

대한민국은 어렵다 어렵다 하고 다음세대들이 힘들다 힘들다 하지만 여전히 대한민국에는 바른 생각과 옳은 삶의 모습들을 보이며 살아가는 청년들이 있어 그저 미안하고 고마울 뿐입니다.

그저 자신의 배를 채우기에 급급하고 자신의 가족들만 잘살면 된다는 식으로 살아가는 수많은 사회 지도층들의 비리 뉴스를 바라보면서 그들이 올라간 그 높은 자리에서 저지른 수많은 비리들이 먼 훗날 이 젊은이가 가 있는 그곳에서는 땅을 치며 후회할 날로 돌아가게 될 것을 알고 있습니다.

나이가 한 살 한 살 더 들어가는 요즘, 부디 나중에 잘하려고 하지 말고 오늘이라는 시간 속에 자라나는 청년들에게 부끄럽지 않은 어른의 한사람으로 살아가야 함을 느끼게 됩니다.

부디 이 젊은이의 희생으로 살아남은 많은 분들과 마음의 빚을 지고 살아가는 우리 모두가 더 열심히 남은 생을 살아가기를 바라고 이 젊은이의 의로운 죽음 앞에 부끄러운 지도층들이 정신 차리고 다시 바른 삶으로 돌아오기를 간절히 바랍니다.

욕이 아닌 꿈!

청소년들이 있는 곳에 언제나 함께하는 것이 한 글자로 "꿈" 이 아니라 "
욕" 이랍니다.

그냥 누구든지 어떤 청소년들이 모이든 그들의 대화를 듣다 보면 절반 이
상이 욕설과 비속어인 것을 바라보며 이 모든 것이 어른들의 잘못인 것
을 알아가게 됩니다.

욕설을 줄이는 방법이 가족 간에 많은 대화를 통해 고쳐질 수 있다는 내
용을 읽으며 결국 청소년들이 가정과 학교와 사회에서 따뜻하고 바른말
고운말을 많이 듣지 못하기에 생겨지는 일이라 여겨지니 참 많이 미안
할 뿐입니다.

부디 우리 모두 언어 습관을 고치고 욕이 아닌 꿈과 감사와 행복을 말할
수 있기를 소망합니다.

정글 같은 대한민국

아마존의 정글보다 더 무서운 대한민국에 취업이라는 정글에 내몰린 안타까운 청년세대에게 미안하고 미안한 마음을 남겨봅니다.

왜 내 직장을 정하는데 부모의 직업과 재산 학벌을 물어보는 건지…

부모가 합격 여부를 결정하지 않는다 하면서도 왜 그렇게 이 나라는 부모의 직업과 출신에 집착하는지…

어쩌면 그래서 나의 이십대도 힘들었고 35살에 대학원을 마치고 진짜 사회로 진출한 나의 삼십대는 이 정글 같은 세상에서 살아남기 위해 미친 듯이 살았는지 모르겠습니다.

이 정글 같은 대한민국 곳곳에서 포기하고 쓰러지고 아파하는 청년들을 바라보며 이제 힘내라는 말조차도 미안한 세대가 되어가고 있습니다. 그래도 할 수 있는 말은 아직도 멀어 보이지만 세상이 조금은 변하고 있으니 그래도 두려움에 떨지만 말고, 넘어져서 포기하지만 말고 부디 끝까지 용기를 잃지 말라고 말해 주고 싶습니다.

그리고 힘들고 어렵겠지만 정치인이든 경제인이든 법조인이든 아니 목회자이든 자신들의 자녀를 돌보고 챙기는 마음에서 조금만 더 눈을 돌려 우리 주변에 아파하고 지쳐있는 청년들에게 손을 내밀어 잡아줄 수 있는 그런 어른 같은 어른이 정말 한 명이라도 더 많아질 수 있기를 진심으로 소망해 봅니다.

부디 부모의 직업과 배경으로 살아가는 세상이 아니라 지금의 있는 모습 그대로 어디서든 함께 행복하게 살아가는 대한민국이 되길 기도해 봅니다.

가장 기본적인 상식

얼마 전 모방송국 라디오에서 14년을 진행해 왔던 진행자가 청취자들에게 평소처럼 "월요일에 만나요"라고 인사를 했는데, 그날 바로 제작진으로 부터 하차를 통보 받았답니다.

아무리 시청률이 중요하다 하고 아무리 높은 분들의 뜻이 중요하다 하지만 그래도 서로 만난 정이 14년이면 가족만큼 가까운 사이고 미운 정 고운 정 쌓인 정이 얼마인데…

책상에 앉아 결재만 하는 사람들의 머릿속에는 전혀 기본적인 상식이란 것이 존재하지 않나 봅니다.

물론 사람이 하는 일이다 보니 모두의 필요를 맞출 수는 없지만 그럼에도 가장 기본적인, 인간적인 상식에는 맞아야 하지 않을까란 생각을 해 봅니다.

자꾸만 비상식이 되어가는 대한민국의 많은 부분들이, 그리고 교계 안에서도 비상식이 통하는 많은 부분들이 달라질 수 있길 바랍니다.

빚진 자의 마음으로

방금 사역을 가는 차 안에서 뉴스를 들었습니다.

나이 든 아들이 연로하신 친 어머니를 마구 구타하고 위험하게 밀치는 모습을 보고 이웃 주민들의 신고로 잡혔는데 술 먹고 홧김에 처음으로 실수했다고 말했답니다.

그러자 경찰에서 불기소 처분을 했다는 뉴스와 어머니가 처벌을 원치 않는다는 뉴스입니다.

제 경험으로 볼 때에는 이 아들은 절대 처음은 아닐 것입니다.

처음 행한 폭력이라면 저렇게 과하지 않았겠지요.

처음에는 욕설이고 그 다음에는 한 번의 손찌검이고 또 그 다음에는 구타였겠지요. 그러다 심해지면 정말 사람을 죽일지도 모르지요.

그러다 술이 다 깨면 언제나 하는 말이 술 먹고 실수했다고 하지요.

그런데도 불구하고 어머니는 아들을 용서해 달라고 하고 아마도 저 어머니는 평생을 그렇게 아들을 용서하며 살아가시겠지요.

그냥 평생 용서하고 사랑하며 살아가는 어머니는 어머니대로 그렇게 아들을 품으며 살아가야 겠지요.

우리 주님처럼 평생 주님 앞에 죄만 짓고 사는 나를 용서하신 것처럼 말입니다.

그냥 차안에서 들은 뉴스 하나에 마음이 울컥해지는 시간입니다.

하루하루를 빚진 자의 마음으로 살아가야 할 것 같습니다.

그리고 부디 저 아들도, 아니 이 땅의 자녀들 모두 정말 사람다운 마음을 가지고 살아갈 수 있기를 소망해 보며 오늘도 더 열심히, 바르게 전해야 겠습니다.

내 안에 죄와의 싸움

강남역 묻지마 살인사건 기사 내용을 보며 두 번의 충격을 받았습니다. 여자가 자기를 무시해서 죽였다는 내용도 충격이고 그가 신학교를 다니다 자퇴한 신학생이란 보도에 다시 한 번 충격을 받습니다.

어느 신학교인지, 그것이 정확한 정보인지는 사실 확인이 되지 않지만 그럼에도 언론에서 계속되는 보도들을 보고 들으며 대다수의 국민들은 또 기독교와 한국교회를 욕하게 되고 결국 주님의 이름에 먹칠이 되겠지요. 그러다 엎친 데 덮친 격으로 오늘은 신대원 사역자가 성매수와 가짜 수표로 또 구속이 되었다네요.

신학대 교수가 자녀를 죽이고 수많은 목회자들과 중직자들의 비리가 연일 보도되는 세상에서 누가 누구를 탓하고 무슨 변명을 할 수 있겠습니까. 지금 당장 내 안에 있는 죄와의 싸움을 시작하지 않는다면 어느 누구도 죄에서 자유로울 수 없을 것입니다.

주님이 우리를 불쌍히 여기시고 내안에 죄와 싸워 꼭 이겨낼 수 있기를 기도합니다.

전쟁터

저는 집회를 할 때 자주 "정신차리자, 정신차리자, 정신차리자"라고 외치고는 합니다.

다음세대 사역은 정말 정신을 차려야 한다고 각성을 하자는 의미인데 어제 나오는 뉴스를 보니 세 번이 아닌 열 번 백 번을 외쳐야 할 것 같습니다.

청주에 한 여고 학생이 학교에서 투신을 하려다 반 친구와 선생님의 설득으로 간신히 투신 소동을 멈추었답니다.

얼마나 힘든 일이 있었기에 이런 일이 벌어졌을까요.

그리고 남자 중학생들이 13살밖에 안된 어린 여중생에게 술을 먹여 성폭행을 했답니다.

어쩌나요. 진짜 어찌해야 하나요. 아무 할 말이 없습니다.

다음세대 사역은 오늘도 전쟁터입니다.

진짜 더 많이 기도 부탁드립니다.

이 땅에 내려온 천사

이 땅에 내려온 천사는 웬만하면 부잣집에는 잘 태어나지 않나 봅니다.

왜냐면 아무리 천사라 하더라도 부와 명예가 생기면 부와 명예 관리가 어렵기 때문에 결국에는 천사가 악마로 바뀔 가능성이 많기에 아예 처음부터 어렵고 힘들게 태어나 이 땅에서 천사로 살아가게 하나봅니다.

자신도 가난하면서 어려운 형편의 이웃들을 도왔던 1평 구둣방 아저씨 이야기를 들으며 미안하고 고맙고 안타까웠습니다.

결국 음주운전이라는 말도 안 되는 사고로 인해 생을 마치신 아저씨에게 죄송하고 음주운전 하는 모든 분들에게 다시 한 번 화가 납니다.

부디 음주운전의 처벌이 강해져서 제발 다시는 이런 억울한 죽음이 생기지 않길 바랍니다.

아무 걱정 없이 예배를 드린다는 것

파키스탄에서 부활절 연합예배를 드리는 중에 자살 폭탄 테러가 일어났고 많은 사상자가 났는데 그중 대부분이 어린이와 여성들이랍니다.

전 세계에서 매주, 아니 매일 예배를 드리면서 아무 걱정 없이 예배를 드리는 나라와 민족이 얼마나 될까요.

어쩌면 한 번 한 번 드리는 모든 예배에 목숨을 걸어야하고 언제 순교를 할지 모르는 긴장감 속에 살아야 하는 수많은 성도들이 있는데 대한민국에 있는 우리는 너무도 쉽게 예배를 드리고 예수님을 믿는 것은 아닌지 부끄럽고 죄송할 뿐입니다.

더 깨어서 준비하고 주님 오실 그날을 기다리며 더욱 철저한 복음의 사상으로 무장해야 할 것입니다.

목숨 건 일

부모님과의 관계도 별 문제없고 공부도 곧잘 하던 친구가 연속으로 게임에 졌다고 새벽 한 시에 화가 나서 동네 아파트에 불을 질러 아파트 세 채를 태워버렸네요.

다행히 인명 피해는 없었지만 정말 큰일 날 뻔했지요.

어제는 병원 앞에서 담배를 피던 십대들에게 나중에 나이 들어 피라고 훈계 하던 어른이 아이들에게 매를 맞아 죽는 슬픈 일이 생겼네요.

이제 정말 청소년 사역은, 아니 다음세대에게 바른 것을 물려주는 일은 목숨 건 일이 되는 것 같습니다.

하기는 어렵고 그렇다고 안하면 더 어려워지는…

안 들으려 해도 들려주어야만 하는 그런 청소년 사역은 정말 믿을 것은 기도 밖에 없습니다.

잃어버린 한 영혼을 위해

한 여고의 화장실에서 신생아가 발견이 되어 경찰이 출동했는데 이미 죽어있었답니다.

누가 버렸는지 확인하기가 어려운 상태라는데 분명 학교의 여고생이라면 지난 10개월 동안 얼마나 힘든 시간을 보냈고 지금도 어디선가 얼마나 힘든 시간을 보내고 있을지요.

죽은 아기도 불쌍하고 이럴 수밖에 없었을 어린 엄마도 불쌍하고 이러고도 아무 일 없다는 듯이 살아갈 남자 친구도 불쌍하고 … 참 대한민국의 청소년들이 다 불쌍합니다.

아무 대책 없이 수많은 음란물에 노출된 다음세대들이 불쌍하고 그것을 이용하는 어른들에게 화가 납니다.

집에서 매일 게임을 하고 있는 아들에게 게임을 그만하고 자라고 꾸중했다고 아들이 아버지를 칼로 찔러 죽였다는 기사를 보며 이제 대한민국에서 이런 기사는 워낙 많기에 놀랍지도 않고 지금도 얼마나 많은 청소년들이 습관적으로 게임에 노출이 되어가고 있는지 안타깝습니다.

그렇게 집에서 게임만 하고 있는 자녀들에게 어떻게 대화를 하고 어떻게 이끌어야 하는지를 몰라 갈등의 골이 깊어가는 부모님들의 모습이 안타

깜고 평소에 우울증을 앓고 있었다는 아들을 바라보며 지금도 대한민국의 얼마나 많은 다음세대들이 극단적인 환경 속에서 우울증 증세를 앓아가고 있을지 걱정도 되는 날입니다.

그러기에 오늘도 다음세대들을 만납니다.

하루라도 쉴 수 없고 한 명이라도 더 만나야 하는 이유.

백번 천번 만번을 만나도 부족한 사역이 있다면 그것이 바로 다음세대를 위한 사역일 것입니다.

우리들 주변에 있는 청소년들 한 명 한 명에게 좀 더 많은 관심을 가져야 할 것입니다.

아픈 곳은 없는지, 말 못할 고민들은 없는지, 고쳐지지 않는 잘못된 습관들은 없는지, 그냥 우리 모두가 나서서 다음세대 친구들 한 명 한 명의 앞날을 함께 만들어가야 할 것입니다.

오늘도 대한민국 곳곳에서, 또한 세계 열방에서 죽어가는 다음세대 한 영혼을 위해 늘 뛰어 다니는 모든 선후배님들과 동역자 여러분들, 세상이 비록 우리가 하는 일을 몰라준다 하여도 주님이 우리에게 맡겨주신 잃어버린 한 영혼을 위해 끝까지 포기 하지 말고 승리하시길 기도합니다.

작은 관심

제가 태어나고 자랐고 처음으로 사역을 시작했던 제 고향 청주에서
정말 많은 안타까운 뉴스들이 나오고 있어 가슴이 아픕니다.
아빠가 자신의 4살짜리 아이를 암매장 하다니 정말 아무리 세상이
말세라고 해도 이렇게까지 사람이 짐승이 될 수 있는지요.
이 끔찍한 사건이 그래도 세상에 드러나게 된 계기가
동사무소 여직원의 작은 관심 때문이었다고 합니다.
보이지 않는 아이에 대한 궁금증을 조금이라도 가지고 알아보고
신고를 한 결과, 억울하게 끝날뻔한 사건을 세상에 알려주게 되었네요.
진짜 어른들이 조금이라도 관심을 보여준다면
지금 우리들 주변에 아파하는 많은 아이들을
돕고 살려 낼 수 있을 것입니다.

휴거를 찾는 아이들

뉴스에서 "휴거를 찾는 아이들" 이라는 기사를 보았습니다.

종교적인 언어가 아니라 임대 아파트에 살고 있는 친구들을

따돌리는 어린 친구들의 은어라고 합니다.

어릴 때부터 가난한 아이들을 왕따시키고 무시하는 친구들의 미래는

잘못된 가치관이 생겨 어두워집니다.

리멤버라는 드라마에 나오는

재벌 아버지와 재벌집 아들이 망하는 모습을 보면

크게 다르지 않을 것입니다.

올바른 부모님이라면 이런 말을 쓰는 자녀들과

친구들을 꾸짖고 오히려 가난한 형편의 아이들과 잘 어울려

도와주고 섬겨주라고 가르쳐야 할 것입니다.

살고 싶다 아무리 표현을 해도…

자살을 시도하는 사람들을 부검한 결과, 자살을 시도하는 사람들의 93%
가 자살을 선택하기 전에 주변인들에게 경고 신호를 보냈다고 합니다.

유가족들 중 81%의 사람들이 몰랐다고 합니다.

정말 사는 일이 힘들고 어려워 말과 글과 행동으로도 살고 싶다 아무리
표현을 해도 나 하나 살기도 빡빡한 세상에서 결국 아무런 도움을 받지
못하고 생을 마치는 안타까운 이웃들이 하루에 40여명이라 합니다.

사랑하는 친구들과 특히나 다음세대 사역을 하는 모든 동역자들과 이 안
타까운 현실을 공유하며 한 번 더 진심으로 주변을 돌아보길 바랍니다.

아픈 기억을 물려주지 않기 위해

지난밤 늦은 저녁 식사를 하고 숙소로 돌아오는데 숙소 앞 길거리에서 남자 청년 한 명이 아버지와 어머니뻘 되시는 분에게 소리를 지르고 있었습니다.

무슨 일인가 지나가며 들어보니 청년의 외침이 내가 태어나고 싶어서 태어났냐고, 왜 날 낳았냐고⋯ 아마 아픈 사연이 있는 가족의 모습 같았습니다.

무슨 일인지는 모르지만 아버지는 속상해서 아들에게 무어라 한마디를 한 것 같고, 아들은 더 속상해서 더 크게 소리를 지르고 있는 중 인것 같고 그 옆에서 어쩔 줄 몰라 하시는 삐쩍 마르신 어머니가 어두운 길거리

한복판에서 쩔쩔매고 아버지와 아들을 화해시키시려고 애를 쓰시는 것 같았습니다.

그냥 아무것도 도울 수 없어 숙소로 들어왔는데 그 청년의 목소리가 자꾸만 들려옵니다.

많이 아파하는 한국 가정의 모습이며, 어찌할 줄 모르는 우리 부모님들의 모습이며, 더 힘겨워하는 자녀들의 문제겠지요.

부디 그분들이 이 아픈 시기를 잘 이겨내고 먼 훗날 웃으며 다시 간증해야 할 텐데요.

저 싸우는 소리와 고함들, 많이 익숙한 소리입니다.

제 어린 시절의 기억 속에도 저 소리는 참 익숙한 풍경이지요.

어쩔 줄 몰라 하며 가족들의 싸움 앞에 구석에 서 있던 참 불쌍했던 내 어린 날과 우리 누나들.

그래서 어쩌면 저는 항상 미친 듯이 복음을 전하러 다니고 있나 봅니다.

그 무서웠던 시간들, 그 답답했던 시간들, 그 막막했던 시간들을 유일하게 이겨내게 만들어 준 분이 바로 예수님이기에, 그리고 그 기억을 내 자녀들에게 물려주지 않으며 더 이상 그 싸움이 우리 가정에 대물림되지 않게 만들어 준 분이 예수님이었기에 한국교회 안에 아파하는 부모님과 자녀들이 모여 있는 곳으로 찾아다니나 봅니다.

예수님의 사랑과 능력을 전하며 자녀들을 어찌 키울지 모르는 막막한 부모님들에게는 차라리 자녀를 주님께 맡기라고 말해야 하고, 본인이 왜 태어났는지 모르는 자녀들에게는 네가 얼마나 소중한 존재이고 주님이 너를 향한 얼마나 놀라운 계획을 가지고 있는지를 알려주어야 하기에 언제나 막막하다는 다음세대 사역을 하고 있답니다.

앞으로 헤엄쳐 나가지 않으면…

뉴스를 보았습니다.

북극에 얼음이 녹고 있어 먹이를 찾기 위해 목숨 걸고 바다를 수영하는 북극곰의 이야기입니다.

지난 8년간 GPS를 달아 추적을 해보니 얼음이 줄어들고 얼음이 약해져서 깨지고 이 때문에 북극곰들이 마라톤 거리만큼 헤엄을 치며 먹이를 찾아다니고 있다고 합니다.

사람이나 동물이나 점점 변해가는 환경 때문에 가장 평범하게 먹고 살아가는 일들이 점점 만만치가 않은 것 같습니다.

목숨 걸고 앞으로 앞으로 헤엄쳐 나가지 않으면 안 되니, 이 전쟁과도 같은 세상에서 부디 영육 간에 지치지 않고 사랑하는 가족들과 건강하게 맡겨진 사명 잘 감당하며 살아갈 수 있기를 소망해 봅니다.

선교사

「슬픔과 고통이 가득한 이 땅에 눈물을 닦아주려 어쩌면 내 삶을 전혀 돌볼 수 없을지 모르겠지만 나를 보내시고 무너진 그 땅에 내 생명 묻으소서.

주님의 나라가 세워지는 것이 나의 평생소원.

주님의 교회가 이 곳에 세워짐이 마지막 호흡이 끝이 날 때까지 나는 나아가리.

그날에 그토록 보고픈 주 얼굴보리… 」

간밤에 지인이 보내준 찬양입니다.

아무나 이 길을 갈 수 없지만 믿음의 사람이라면 누구나 가야하는 그 길이 이 길이기에, 가사 하나하나에 눈물이 심겨있는 "선교사"라는 찬양이 제 가슴 속에 들어옵니다. 새벽집회를 마치고 다시 한 번 이 찬양으로 오늘 하루를 어찌 살아가야 할지를 묵상해 봅니다.

서종현 선교사
Mr.tak (미스터탁) · 주청프로젝트 선교회 대표

이 책의 제목은 "생각이 없어야 미래가 바뀐다"입니다. 글쎄, 혹자는 어떻게 생각이 없는데 미래가 바뀌느냐고 반문할지 모르겠습니다. 그러나 이 책을 통해 저자 임우현 목사님의 삶을 들여다 본다면 "생각이 없어야 미래가 바뀐다"의 참뜻은 세상과 다르게 살아야 우리의 영적 미래가 바뀐다는 뜻임을 알 수 있을 것입니다. 따라서 생각이 없어야 한다는 것은 나의 주관이 없어야 한다는 말과 다름 아닙니다. 주님을 의지하지 못하는 지성은 시편 기자가 말한 한낱 바람에 나는 겨와 같은 것이지요. 멀리 떨어진 우주 어디에서 우리를 바라보면 우리는 먼지와 같을 것입니다. 먼지가 생명이 되는 것은 우리의 지성과 생각 때문이 아니라 주님의 은총 때문입니다. 이 책은 은총 앞에 무릎 꿇은 지성의 고백입니다.

👍 Like   💬 Comment   ➤ Share

임우현   사랑하는 동생의 추천사를 읽으며 어떻게 책 제목 설명이 저자의 설명 보다 멋있을 수가 있는가 한참을 생각했고 이번 책을 편집해 주시는 담당자들도 너무나도 귀한 글이라며 감동을 받았다니 나는 그냥 의문의 1패를 당했네. ㅋㅋㅋ 우리 같이 그 은총에 푸욱 빠져 살다가 다시 보자요. ^^

박요한 전도사
『요한의 고백』 저자 · 축복의 사람

짧지 않은 세월 동안 임우현 목사님 곁에서 가깝게 함께하며 삶의 중심 그 자리에서 하나님을 경험하고 인생이 뒤바뀐 것을 목도했습니다. 이로 인해 도전이라는 차원을 넘어 제 삶을 꿈틀거리게 하는 건강한 자극을 저 또한 경험하고 있습니다. 하나님은 분명히 살아계십니다. 그리고 지금 이 시간에도 이 글을 읽고 있는 당신을 위해 일하시고 계십니다. 그분을 아주 친밀하게 경험할 수 있는 실제적 이야기 속으로 들어오신 것을 환영합니다.

👍 Like   💬 Comment   ➤ Share

임우현 아마도 나의 지난 삶의 많은 여정을 가장 가까이에서 가장 많이 지켜본 동역자가 있다면 그 사람이 바로 박요한이라는 찬양 사역자 겠지. 나의 찬양 사역의 꿈을 ㅋㅋㅋ 철저히 막고 있지만 ㅋㅋㅋ 그럼에도 내게 주신 은혜가 있다면 그 은혜 다 물려주고픈 동생이 그대임을 다시 한 번 말하며 우리 힘내서 잘 걸어가요. ^^ 그러니 역시 예수 나의 가장 큰 힘! ^^

 정지민
개그우먼

하루하루 생각이 많아지면서 제 몸과 마음이 점점 가라앉아 힘겨울 때쯤, 내려놓음과 오직 주님께 맡긴 삶으로 기쁨 넘치는 사역을 하시는 임우현 목사님의 모습을 보게 되었습니다. 가장 생각이 많을 이 시대 청소년, 청년들을 위해 전국을 다니시며 복음을 전하시는 임우현 목사님을 응원합니다! '내가 어떻게, 무엇으로 복음을 전해야 할까?'를 생각만 하던 저에게 각자의 재능과 분량을 주신 하나님께 맡기자는 목사님의 조언에 더욱 힘이 났습니다. 생각이 없어야 미래가 바뀐다! 주님이 채우시고, 주님이 비추소서…

👍 Like   💬 Comment   ➤ Share

 임우현 보기만 해도 해피 바이러스 ^^ 지민씨가 어느 날 사역지에서 생기는 작은 고민을 물어보며 기도를 부탁하던 날 왠지 모르게 앞으로 친해질 것 같았는데 ^^ 이리 귀한 만남을 주시네요.. 부디 앞으로 지민씨를 통해 행복하게 일하실 주님을 기대하며 응원합니다.

"하나님! 이 땅을 살아가는 날 동안 하늘나라 군사로 쓰임 받으며
5분 대기조의 임무를 충실히 감당하는 항상 준비된 주님의 군사가
되게 하옵소서."

_ **역대상 16:11**
여호와와 그의 능력을 구할지어다 항상 그의 얼굴을 찾을지어다

Part 5

생각 없이 나눈 기도

하나님의 일꾼

오늘 하루도 세상일에 능한 전문가가 되기보다는
주님이 주시는 충만한 은혜를 오늘도 잃어버리지 않는
하나님의 일꾼이 되게 하소서.
거창한 꿈을 꾸는 삶이 아니라
오늘 하루를 최고로 충만하게 보낼 수 있는 믿음을 소유한
충만한 일꾼이 되어 형통의 열쇠를 받게 하옵소서.

인도하심

하나님은 영영히 우리 하나님이시니 우리를 죽을 때까지 인도하시리로
다.(시편 48장 14절)
이런 생명의 말씀이 있다는 것을 왜 몰랐는지…
아니 분명히 읽었었을 텐데, 참 많이 지나갔을 텐데.
왜 오늘 밤에야 내 눈에 보이고 내 맘에 새겨지는지…
우리 하나님이 영영히 우리 하나님이 되시고 죽을 때까지 우리를 인도하
심을 믿기에 오늘도 다시금 하나님의 축복만을 전하는 통로가 되어 살아
갈 수 있기를 기도합니다.

심장이 두근두근

믿음의 사람들이 이 땅을 살아가다가 주님 앞에 예배드리러 나왔을 때 심장이 콩딱콩딱 하는 것은 죄를 많이 진 것이고, 갑자기 심장이 두근두근 하는 것은 주님을 많이 사랑하는 것이지요.

죄를 지었으니 들킬까 봐 콩딱콩딱 하는 것이었고 사랑하는 사람을 만날 때 심장이 두근거리듯이 세상에서 주님을 사랑하다 왔으니 사랑하는 주님을 만날 생각에 두근거리게 되겠지요.

오늘 하루도 이 땅을 살아가며 콩딱콩딱 하기 전에 빨리 회개함으로 주님께 돌아와 날마다 두근두근 설레는 마음으로 주님을 더욱 사랑하며 주님과 함께 살아가는 삶이 되게 하소서.

우리가 달라졌어요

엄마도 아이도 선생님도 다 같이 좋아하는 단어는 '우리 아이가 달라졌어요'라고 합니다.

주님도, 나도, 모든 이들도 다 같이 듣고 싶은 단어는 '우현이가 달라졌어요'라고 생각합니다.

수련회를 마친 모든 친구들과 준비하는 모든 이들과 꼭 나누고 싶은 마음은 오직 한 가지 뿐입니다.

우리가 더 달라지고 더 변해야지요.

우리가 더 달라져야 세상이 주님을 제대로 볼 수 있겠지요.

그냥 더 변하고 달라지지 못한 제가 주님께 죄송하고 부끄럽습니다.

주님, 긍휼을 주옵소서.

천국의 기쁨

안 먹어본 음식은 제대로 맛을 표현할 수 없고, 안 만나본 사람을 제대로 소개할 수 없는 것처럼 천국을 경험하지 않은 사람은 절대로 천국의 기쁨을 제대로 전할 수가 없게 된답니다.

그러기에 오늘도 나의 사역이 점점 잘되고 이 땅에서 내가 원하는 일들이 모두 다 이루어지길 소망하는 것이 아니라 오직 내 삶에 천국의 기쁨이 샘솟기를 먼저 기도해야 할 것입니다.

오늘도 이 밤이 누군가에겐 이 땅에서 천국을 경험하는 밤이 될 것이고, 누군가에게는 죄악을 경험하는 밤이 될 것입니다.

부디 내 죄를 회개하고 다시 천국을 찾을 수 있기를 진심으로 소망하며 오늘 밤도 목사라서가 아니라 죄인의 한 사람으로서 주님 앞에 나아가 다시금 내 안에 천국을 날마다 새롭게 만들어 갈수 있기를 진심으로 소망하며 기도합니다.

영혼을 바라보는 두 눈

내 옆에 있는 사람을 사랑하고 이해하지 못한다면

어떻게 세계 열방의 영혼들을 사랑할 수 있을까…

지난밤에 들려진 하나님의 말씀 속에

그저 두 손 들고 아멘하며 다시 기도합니다.

내게 사랑을 주소서…내게 영혼을 바라보는 주님의 두 눈을 주옵소서.

생각이 없어야 미래가 바뀐다

나의 모습이 사라지게 하소서

내가 자꾸 커지면 하나님이 자꾸 작아지게 되고 내가 점점 작아지게 되면 하나님은 점점 커지게 되니 주여, 오늘도 주님이 주시는 열매로만 보증 받고 주님이 이루시는 역사의 주인공으로 살아가도록 도와주소서.

점점 나의 모습이 사라지고 나의 모든 삶 속에서 주님만 온전히 남게 하옵소서. 오늘도 기도뿐입니다.

주여, 나의 죄를 용서하소서

우리가 주님께 오늘 받은 제일 큰 축복은 죄를 짓지 않은 것이고, 오늘 생긴 제일 큰 능력은 나의 죄를 깨닫고 회개한 것이랍니다.

내 삶 속에 죄의 문제가 해결되지 않고는 그 어떤 축복도 오래갈 수 없으며 그 어떤 능력도 영원한 능력이 아닌 것을 알고 있기에 오늘도 이렇게 기도합니다.

내 안에 가장 큰 기도 제목은 주여, 나의 죄를 용서하시고 오늘도 내안에 죄와 싸워 이길 수 있는 믿음을 주시옵소서.

변한 게 없습니다

오늘 저녁 집회를 가서 수년 전에 만났던 진주에 계신 목사님들을 만나게 되었습니다. 그분들은 저를 반가이 맞이해 주시며 해주신 말씀이 "여전하십니다." "똑같으십니다." "흰머리 말고는 변한 게 없습니다."라는 이야기였습니다.

징검다리에서 청소년 사역 21년을 달리다 보니 이제는 어느새 저도 나이가 들어가나 봅니다.

생각해 보면 저의 사역과 설교는 늘 방송으로 남거나 동영상으로 남거나 사진으로 남겨지기에 이 사진과 동영상들이 앞으로도 오랜 시간이 흘러도, 아니 주님 앞에 서는 그날까지 제발 변함없길 소망합니다.

오늘 밤도 제 육체의 흰머리 말고는 변함없이 주님을 사랑하며 다음세대를 사랑하며 살아갈 수 있기를 기도합니다.

"잘 하였도다 착하고 충성된 종아"

마지막 날 예수님 앞에 섰을 때 꽝이 될 것인가,
아니면 짱이 될 것인가.
스스로 관리 하지 못한다면 어제의 일은 언제나 꽝이 되는 법.
주님 스스로 관리를 잘하여 주님 앞에 서는 날 꽝 되지 말고
"잘 하였도다 착하고 충성된 종아"
이 소리를 들을 수 있기를 이 밤에도 기도 할뿐입니다.

오직 주님만이

주님, 아직은 제가 더 잘되면 안 됩니다.

아직은 저의 믿음이 사단과의 싸움에도 이기기 쉽지 않고 나 자신과의 싸움도 힘에 겨우니 괜히 지금보다 더 잘 되어서 교만해지고 꼴깝떨고 잘난 척 하다가 주님께 버림받을까 두렵습니다. 그저 오늘도 긍휼히 여기시고 하루하루 살아갈 은혜만 주시어 주신 사명 잘 감당하며 살아가게 하시고 그것만으로 감사 감격하며 살아가게 하옵소서.

개구리가 올챙이 적 생각하지 못하고 지금 조금 잘된다고 하나님을 잊어버리고 내 힘만 의지하며 살아가다 결국 죄에 죄를 더하며 살아가게 된다면 결국 하나님이 내게서 손을 떼는 순간이 오겠지요.

결국 이 땅에서도 망할 수밖에 없고 그렇게 소망하던 천국 문 앞에서 쫓겨나 슬피 울며 이를 가는 인생이 된다는 것을 알기에 하나님, 오늘도 내게는 오직 주님만이 필요함을 고백합니다.

깨어있는 믿음

언제나 나에게, 우리에게 가장 귀한 복을 주길 원하시고 그 복을 예비해 놓으신 분이 오늘 밤에도 경고하시길 '네가 만약에 유혹을 받아 다시 세상을 섬긴다면 반드시 망하게도 한다' 하십니다.

언제나 말씀은 살아 움직이기에 오늘 밤도 말씀 앞에 납작 엎드려 항복입니다.

그 어떤 세상 유혹과도 싸워 이길 믿음을 주시고 결정적 유혹 앞에 정신 차리고 깨어있는 믿음으로 싸워 이기게 하소서.

예배의 자리

오늘 밤은 오래 전에 예정 되어있던 캠프가 날짜 미스로 취소가 되는 바람에 본 교회에서 오랜만에 금요철야를 드립니다.

1년 365일 우리에게 주어지는 모든 날, 예배의 자리가 있어 감사하고 들려지는 말씀 앞에 다시금 제 자신을 돌아봅니다.

배고픈 사람은 밥 먹는 식당이 제일 간절하고 몸에 더러운 것이 묻은 사람은 목욕탕이 제일 간절한 것처럼 죄 많은 저에게는 날마다 주님의 십자가 앞에 엎드리는 예배의 자리가 제일 간절하지요.

지난 겨울, 열심히 달려왔고 이제 다시 내일부터 열심히 함께 달려가야 할 모든 날 속에 주님의 영광을 도적질하는 어리석은 자가 되지 말고 오직 주님께만 영광을 돌리는 자가 되게 하옵소서.

똑똑한 바보

똑똑한 바보가 되고 싶습니다.

어쩌면 세상 사람들이 생각할 때에는 바보 같지만 하나님의 뜻을 알게 되어 내 생각을 버리고 하나님의 뜻대로 살아가는 똑똑한 하나님의 자녀가 되는, 그런 똑똑한 바보가 되어 살아가고 싶습니다.

그런 바보가 천재처럼 지혜로운 모습으로 내게 주어지는 하루하루의 사역을 절대 나만의 노하우로 감당하는 사역자가 아닌, 하루하루의 모든 사역을 주님 뜻대로 따라가고 싶습니다. 주님의 통치를 받는 바보가 아닌 천재가 되어 쓰임 받게 하소서.

주 은혜로 이
주 임재에 없
그 어느것도 난
주님만 경

정당한 선교비의 열매

열심히 농사를 지은 농부에게는 좋은 열매가 주어지고, 게을렀던 농부에게는 절대 좋은 열매가 주어지지 않는 법이지요.

사역자인 저희도 매일 복음의 씨앗을 뿌리며 이 땅에서 영혼 구원의 농사를 짓는 중입니다. 주어진 자리에서 최선을 다하고 영적으로 치열하게 싸우고 한 영혼이라도 구원하려 애를 썼다면 사역 후에 받는 사례비는 정당한 선교비의 열매가 되어 복음을 위해 귀하게 사용할 수 있는 자격이 제게도 주어지겠지요.

하지만 만약에 습관처럼 사역하고 영혼 구원이 아닌 내 자랑과 내가 하고픈 일들만 하는데 사례비를 받았다면 그것은 사례비가 아니라 사단이 주는 뇌물이 되는 것이겠지요.

정치인들과 공무원들, 세상에 많은 사람들도 정당한 대가가 아닌 뇌물을 수수하다 걸리면 법의 처벌을 받게 되는 것처럼 주님의 일을 하는 사역자들도 열심히 복음 전하지도 않고 대충대충 사역하며 계속 뇌물을 받는다면 결국 마지막에는 하나님의 감사(監査)에 걸려 이 땅에서 대충 사역하고 받은 뇌물은 모두 다 토해내야 할 것입니다.

그 대가도 아마 철저히 받아야 할 것이니 주여, 주어지는 사역에 날마다 힘을 내어 목숨 걸고 싸우게 하시고 땀 흘려 농사짓게 하옵소서. 반드시 영혼 구원의 열매를 주님께 드릴 수 있도록 노력하게 하소서.

그리고 주시는 사례를 귀한 선교비로 여기어 헛되이 사용하지 말고 항상 복음과 영혼 구원 위해 바르게 사용할 수 있는 지혜가 생기게 하옵소서.

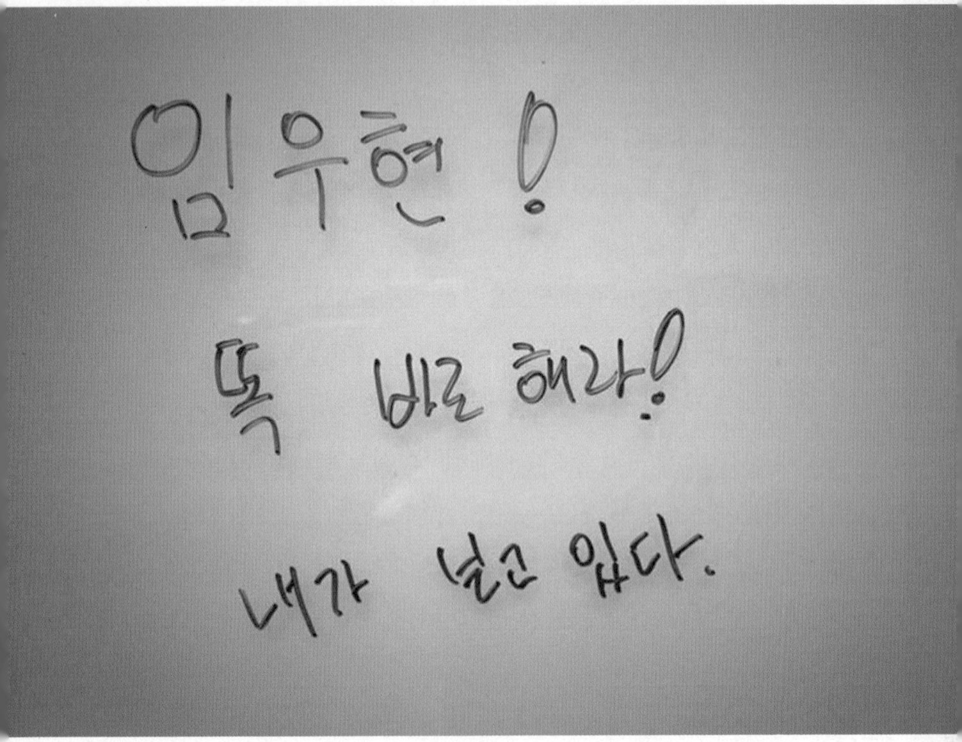

임우현!

똑 바로 해라!

내가 넘고 있다.

5분 대기조

하나님!

땅을 살아가는 날 동안 하늘나라 군사로 쓰임 받으며

5분 대기조의 임무를 감당하는

항상 준비된 주님의 군사가 되게 하옵소서.

진실된 회개

이전에 내가 주님을 사모하고 갈망했던 마음은

사실 내가 갖고 싶은 것들을 얻기 위한 수단이었음을 깨닫습니다.

주님 앞에 엎드려 진실된 회개함으로 주여, 나를 용서하옵소서.

이제는 그저 주님만을 구하고 주님만을 기다리는

그런 주님의 자녀가 되게 하옵소서.

복 받을 사람

항상 하나님께 매를 맞을 사람은 계속해서 매 맞을 짓을 하고 있고
하나님께 복을 받을 사람은 쉬지 않고 복 받을 일을 하며 살아가겠지요.
여전히 부족해도 하나님께 복에 복을 받을 사람이 되기 위해
오늘도 주님 앞에 강퍅한 바로왕이 아니라
긍휼을 구하는 자녀 되게 하옵소서.

기도할 수 있는데

「기도할 수 있는데 왜 걱정하십니까.

기도하면서 왜 염려하십니까.

기도할 수 있는데 왜 실망하십니까.

기도하면서 왜 방황하십니까.

주님 앞에 무릎 꿇고 간구해보세요.

마음을 청결하게 뜻을 다하여 기도할 수 있는데 왜 걱정하십니까.

기도하면서 왜 염려하십니까, 주님 앞에 무릎 꿇고 간구해보세요.

마음을 청결하게 뜻을 다하여 기도할 수 있는데 왜 걱정하십니까.

기도하면서 왜 염려하십니까.」

맞습니다. 이 찬양을 부르면 부를수록 드릴 수 있는 고백은 하나뿐!

기도할 수 있는데 왜 걱정하고 왜 염려하는가.

오늘도 그저 우리가 할 일은 기도뿐입니다.

한 사람의 힘으로는 절대로

비손 캠프 친구들과의 첫째 날 저녁을 주님께 예배로 드리며
다음세대를 위해서 마음을 모아 봅니다.
매일 드리는 예배인데도 매일 쉽지는 않습니다.
매일 다른 곳에서 살아가는 친구들과
다른 문화 속에 살아가는 친구들이 이 추운 날 한자리에 모여
은혜를 받아 변화하기를 소망하는 이 만남이 얼마나 소중한지를 알기에
있는 힘, 없는 힘을 다 짜내어 보지만 결국에는 어차피 사람의 힘으로는
절대로 한 친구도 변화 시킬 수 없음을 알고 있습니다.
그러기에 오늘도 예수님이 이 자리에 오시어
이 친구들을 만나주시고 잡아주시기만을 기도할 뿐입니다.
오늘도 그저 무사히 도우신 주님께 감사를 드릴뿐입니다.

우리 형

저희 둘째 형은 사단법인 징검다리 임동현 대표입니다,

겨울 내내 30만 장의 연탄을 배달하느라 매일 형 페북에 올라오는 사진을

보며 비록 우리 형이 아직은 교회를 다니지는 않지만 어쩌면 목사인 나보

다도 이 땅에서 더 소금의 삶을 살아가는 것은 아닐까 생각을 해 봅니다.

형이 청소년, 청년이었을 시절을 생각하면 지금의 이 모습은 상상할 수 없

지만 역시 사람 일은 모르는 법.^^

이제 저의 기도 제목은 우리 형이어서 예수님을 영접하고 본인이 가진 달

란트로 더 힘들고 어려운 이웃들에게 육신을 따뜻하게 하는 연탄도 배달

하고 영혼도 따뜻하게 하는 천국도 배달해 주기를 바랄뿐입니다.

여러분도 같이 기도해 주기를 부탁드립니다.

폭죽 같은 인생

하나님이 저에게 폭죽과도 같은 인생이라 말해 주셨습니다.

폭죽은 축제를 더욱 축제처럼, 잔치를 더욱 잔치처럼 만들어 줄 수 있는 최고의 도구이지요.

다만 폭죽이 제 위치에서 제 시간에 바르게 터져야지만 만들어진 목적대로 사용되어지는 것인데 행여나 잘못 터지면, 제 때 못 터지면 불발탄이 되고 사람들을 다치게 하고 결국 잔치를 망치게 되는 주범이 될 수 있습니다.

정말 날마다 제대로 사명대로 쓰임 받으며 살아가고 싶습니다.

그래서 오늘 밤도 조이 코리아 캠프에서 청소년들에게 죄와 싸워 이기자고 외치며 함께 회개하며 기도했습니다.

부디 전할 기회 주실 때마다 바르게 전하고 바르게 쓰임 받게 하옵소서.

막차를 놓치지 않기를

하나님이 내게 보내주신 마지막 시대 속에 은혜의 막차를 놓쳐서는 안될 것입니다.

지금 받은 은혜가 비록 마지막 막차라 할지라도 해가 뜨고 이제 다시 출발하는 아침의 첫차가 될 수 있도록 우리에게 이 위기의 시대 속에 마지막 무너져가는 한국교회와 다음세대 속에 은혜를 부어주시는 주님 앞에서 더 이상 물러서지 말기를 바랍니다. 더 이상 넘어지지 말고 제발 이 막차의 기회를 잡아 시대 속의 위기를 이겨내길 원합니다.

또 한 번의 진정한 부흥의 역사를 시작할 수 있도록 우리들의 모습도 간절하게 변해야만 할 것입니다.

주님 도우소서.

주님 지켜주소서.

제발 마지막 막차를 놓치지 않도록 도와주시옵소서.

수고했다. 고맙다. 이쁘다

시간이 흘러 어느 날 주님이 나에게

"수고했다. 고맙다. 이쁘다."라고 말해주는 그런 날이 올 때까지 더욱

"감사 합니다. 감사합니다 감사합니다"라고 외치며

순종하며 살아가게 하옵소서.

오늘도 하나님 말씀을 또 듣고 싶습니다

내 마음이 자꾸만 하나님 말씀이 듣고 싶을 때는

하나님과 가까워질 때고요.

내 마음이 자꾸만 하나님 말씀이 떠오르지 않을 때는

하나님과 점점 멀어져 가는 것이지요.

주님, 오늘도 하나님 말씀을 또 듣고 싶습니다.

또 들려주옵소서.

기도하며 이 밤도 예배 속에 들려주시는 말씀 앞에 항복하며

다시금 주님 앞에 엎드립니다.

날 도와주소서.

거울 앞에 서 봅니다

오늘도 주님의 말씀 앞에, 거울 앞에 서봅니다.

사진 속에 고쳐진 거짓된 얼굴이 아닌, 거울 앞에 정직하게 드러난

나의 얼굴처럼 오늘도 예배 속에 정직한 나의 죄가 보여지게 하소서.

더 이상 축복이 아닌 회개와 용서로 주님 앞에

정직하게 나아가게 하옵소서.

민첩한 믿음의 지혜

오늘 밤 철야에서 나눈 다니엘의 말씀을 보았습니다. 그는 마음이 민첩하여 왕이 그를 높이 세우고 대신들이 그를 고소하려 해도 고소할 틈이 보이지 않도록 믿음 안에서 민첩하게 살았다는 말씀을 보며, 여전히 목사이며 사역자면서도 빈틈이 많은 나의 모습에 한없이 부끄러움을 느낍니다. 주여, 세상에서 살아가며 더욱 민첩한 믿음의 지혜를 주시어 더욱 믿음의 승자가 되게 하소서.

평생 갚아 가야 할 빚

카톡 하나에, 전화 한통에, 문자 하나에, 페이스북 메시지 하나에, 어떤 부탁이든 조건 없이 들어주는 친구와 선배님들과 후배들이 있기에 주님께 그저 감사뿐입니다.

그래서 오늘도 이 밤에 하루를 마무리 하며 이 땅에서 주님의 은혜와 긍휼과 사랑을 독점으로 누릴 수 있게 하시는 주님의 은혜가 더욱 크게 느껴집니다.

이 은혜의 빚을 평생 갚아가며 살아가길 기도합니다.

앞으로도 이 땅에서 할렐루야 찬양만을 마음껏 외치도록 독무대를 만들어 주시는 주님 앞에서 할렐루야와 아멘을 외치며 주님께만 영광 올려드리며 맡겨진 사명대로 살아가게 하소서.

그 걸음을 인도하시는 주님

오늘도 배우는 교훈은 사람이 아무리 그 길을 완벽히 계획한다 하여도

그 걸음을 인도하시는 분이 주님뿐임을 또 다시 깨닫습니다.

나의 모든 계획은 오직 주님의 뜻을 깨달아

그 길을 묵묵히 따라가는 하루하루가 되는 것입니다.

오직 주님의 뜻을 알게 하소서.

정확한 주님의 때

주여, 너무 급하게 주의 일을 따르지 말게 하옵소서.

주여, 너무 급히 큰 열매를 거두어 주님께 드리려고 서두르지 말게 하옵소서.

주여, 너무 급히 모든 일이 제 뜻대로 이루어지지 말게 하옵소서.

주님의 때가 임했을 때, 주님의 날이 임했을 때 이루어지게 하소서. 어쩌면 내 생각과 내 계획과는 다르고 내가 예상한 시간과는 맞지 않고 자꾸 늦어진다 하더라도 정확한 주님의 때에 이루어지게 하소서.

직분의 명찰대로 쓰임 받다가

하나님이 우리에게 주신 교회 안에 명찰이 있습니다.

목사도 장로도 권사도 집사도 그 어떤 직분도 주어진 직분의 명찰대로 바르게 쓰임 받다가 주님께로 돌아가야 할 것입니다.

그렇지 않으면 그 명찰의 무게대로 주님 앞에 서는 날 심판을 받게 될 것입니다.

쓰임 받고 버려지는 인생이 아니라 반드시 쓰임 받고 주님이 칭찬하시는 하늘나라 상급의 주인공이 될 수 있도록 하소서.

바위 위에 소나무가 자라듯이 이 땅에서 모래 위에 집을 짓지 말고 반드시 반석 위에 집을 지으며 주님의 주신 사명대로 살아가는 주님의 일꾼이 되게 하소서.

천국까지 전진하는 삶

직장 생활에 싫증이 나고 자꾸만 돈을 더 많이 주는 직장을 알아보는 사람은 이미 그 직장에서 마음이 떠난 사람이지요.

예배 생활에 싫증이 나고 자꾸만 세상의 축복을 구하며 따르는 사람은 이미 복음에서 생각이 떠나가는 성도의 모습일 것이랍니다.

오늘도 여호수아의 말씀을 들으며 사는 사람들은 한 곳에 머물지 말고 그대로 전진하여 함께 싸워 승리하는 군사가 되게 하소서.

세상 속에서 죄짓는 일에 전진하는 인생이 아니라 그 죄를 멈추고 다시 복음 위해 싸우며 그대로 천국까지 전진하는 삶이 되게 하소서.

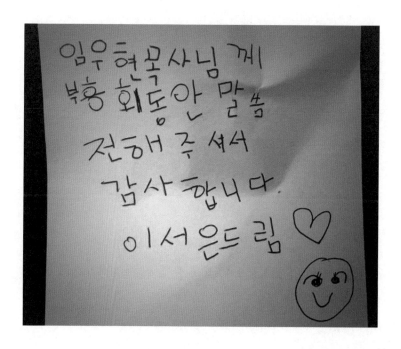

진짜처럼 살아가기를…

스무 살에 시작된 신학생이란 타이틀과 선교회 간사와 전도사, 그리고 목사라는 타이틀을 가지고 살아가며 복음의 일꾼이라 말했지만 얼마나 가짜로 살았는지를 깨닫게 되었을 때의 부끄러움은 말로 다 할 수 없습니다.

이제라도 복음의 일꾼으로 조금이라도 진짜로 진짜처럼 살아갈 수 있게 하시고, 죄짓는 시간보다 회개하는 시간이 더욱 많아지며 나를 위해 살아가는 시간보다 주님을 위해 수고하며 충성하는 시간이 더욱 많아지게 하소서.

솜사탕 같은 사역자

어쩌면 지금의 내 모습은 조금의 설탕을 넣고 크게 부풀린 솜사탕처럼 외적으로 부풀려진 사역자임을 스스로가 알기에, 오늘도 주님 앞에 엎드려 날 지켜주시길 기도합니다.

부디 앞으로 더 많이 준비하여 더욱 충만한 모습으로 변한 사명자가 될 수 있기를 소망하며 이 밤도 주시는 말씀 앞에 항복하며 순종함으로 주님 앞에 섭니다.

부디 더 부풀어지지 말게 하옵소서.

한 영혼이라도…

하나님 나 같은 죄인을 목사 만들어 주시어서 오늘도 얼마나 고생이 많으실지 생각만 해도 그저 죄송할 뿐입니다.

오늘도 일부러 저에게 져 주시고 다시 한 번 승리의 기회를 주실 때에 한 영혼이라도 주님께로 인도할 수 있는 영혼 구원의 열매를 주님께 드릴 수 있게 하소서.

날마다 성령 충만한 삶

돈이 생겨서 기뻐하는 기쁨은 돈이 사라지면 사라지게 되지만 성령 충만으로 기뻐하는 기쁨은 어떤 환경과 상황이 닥친다 하더라도 누구도 절대 그 기쁨을 빼앗아 갈 수가 없을 것입니다.

그러기에 오늘도 세상의 어떠한 성공을 구하는 기도가 아닌 성령님과의 교통이 절대 멈추지 말고 날마다 성령 충만한 삶을 살아갈 수 있도록 기도할 뿐입니다.

날마다 주님이 친히 가시는 곳에 나도 따라갈 수 있게 하시고 주님이 계시지 않는 곳에는 나도 거하지 않도록 나의 걸음을 주관하시길 소망합니다.

지난 날의 은혜로 살아가는 사람이 아니라 날마다 새롭게 주시는 성령의 은혜로 하루하루를 다시 살아갈 수 있기를 소망하며 내게 언제나 성령 충만한 동역자들과 함께 같은 길을 걸어가게 하여 주소서.

하루하루를 살아가며 성령을 선물로 받아서 들리지 않던 주님의 음성이 들려지게 하시고 보이지 않던 하나님의 모습을 바라볼 수 있게 하소서.

쉬지 않고 주님을 느끼며 살아가게 하시어 이 땅에서 잃어버렸던 사명을 다시금 발견하게 하시고 성령 충만의 무기로 이 땅에서의 하루하루의 시간들을 주가 주신 힘으로 승리하며 살아가게 하소서.

주님이 주신 사명

예수님 이 내 영혼 살려주시려 목숨까지 주셨건만 나는 지금 죽어가는 영혼을 위해 무엇하고 있는지 그저 날마다 부끄러울 뿐입니다.

예수님 목숨으로 얻은 새 생명이고 주신 사명이기에 이제는 절대 놓치지 말고 굳게 잡아 마지막 주님 앞에 서는 날까지 이 길을 걷게 하소서.

싸구려 믿음이 되지 않게 하소서

빨래하면 색깔이 빠지는 싸구려 물감이 아니라, 아무리 빨아도 색깔이 변하지 않는 귀한 물감처럼 세상에 나가 믿음의 색깔이 변하는 싸구려 믿음이 되지 말게 하소서.

어떠한 세상의 유혹에도 절대 변하지 않는 믿음으로 살아가는 귀한 믿음의 자녀가 되게 하옵소서.

유정현
드림라이프 대표

희망과 열정, 그리고 비전을 이야기하고 말하는 사람은 많습니다. 하지만 생각과 말뿐이 아닌, 삶을 통해 하나님의 희망과 열정, 그리고 비전을 자라나는 청소년들에게 진심으로 전하는 분이 계십니다. 바로 임우현 목사님입니다. 하나님 앞에 납작 엎드려 예배하고 순종하는 하나님 나라의 머슴^^임우현 목사님의 새로운 책을 강력히 추천합니다.

👍 Like　💬 Comment　↪ Share

 임우현 아마도 추천사를 부탁하며 가장 전력적인 추천사가 있다면 바로 유 전도사님이 아닌가 싶습니다. 주변 선후배 사역자들의 어려운 사역들을 위해서 진짜 얼마나 용감하고 (무식하게ㅋㅋㅋ) 뛰어주는지 알기에 늘 고맙고 감사하고 든든한 마음에 응원받고파 부탁드렸답니다. ^^ 전도사님, 우리 같이 사랑하는 동역자들 옆에서 힘들어도 함께 잘 뛰어봐요.

최윤영
아나운서

임우현 목사님과 함께 있으면 참 유쾌해집니다. 또렷한 사명 의식을 가지고 그 이외의 것은 웃음으로, 유머로 승화시켜 버리는 내면의 힘은 모든 것을 하나님께 내어드렸기에 가능하다는 걸 깨닫습니다. 가벼운 웃음으로 포장했지만 시간이 지날수록 진폭이 커지는 목사님의 메시지가 이 땅의 청소년, 청년들에게 진짜를 볼 수 있는 길잡이가 되어 주리라 믿습니다.

👍 Like　💬 Comment　↪ Share

 임우현 나침반C에서 매주 제대로 맥을 짚어 주어야 하는데 ㅋㅋㅋ 늘 헤매는 제 모습을 잘 잡아주시니 고마울 뿐입니다. 최윤영 아나운서의 프로 정신을 가까이에서 보면서 진짜 자신의 프로그램에 모든 것을 몰입하는 그런 정신이 사역자인 나에게도 앞으로 더욱 많아야 함을 느껴봅니다. ^^ 고맙고 감사합니다. 함께 화이팅입니다. ^^

김관성 목사
행신침례교회 담임목사 · 『본질이 이긴다』 저자

임우현 목사의 의식에는 자기 삶과 자기 인생이란 것이 별로 없습니다. 그의 삶을 객관적으로 평가하자면 다소 '바보' 같아 보입니다. 시간과 물질을 아낌없이 다른 이들에게 흘려보내기 때문이지요. 도대체 왜 그렇게 사느냐고 물으면, 그에게서 날아오는 답은 늘 한결 같습니다.

"내 생각은 사라지고 그리스도의 뜻만이 내 생을 채우기 위한 몸부림이야"

처음에 이런 식의 삶이 얼마나 지속될까 의구심이 들었던 것이 사실입니다. 그런데 1년, 2년이 지나고 그 시간이 20년을 넘어가고 있습니다. 신학교 시절부터 그를 지켜보았기 때문에 제가 잘 알지요.

그의 인생 궤적을 보면, 그의 남은 생은 새로운 것으로 채워질 것 같지 않습니다. 자기 뜻과 생각은 버리고 하나님의 섭리와 인도에 모든 것을 던지는 삶, 이제까지 살아왔던 그 모습 그대로 살다가 이 땅을 떠날 사람입니다. 친구가 마음 팔아먹지 않고 계속해서 바보로 살아주기를 간절히 응원합니다.

👍 Like　　💬 Comment　　➤ Share

 임우현 이번 책의 마지막 추천사를 친구 목사에게서 받으며 같은 나이, 같은 학교, 같은 학번으로 같은 공간에서 같이 살아왔던 시절들을 떠올려봅니다. 아마도 같은 침례교단에서 앞으로 더욱 더 중요한 역할을 해줄 것을 굳건히 믿으며, 사실은 이 책 제목에 가장 부합한 목회자가 나보다도 김관성 목사님이 아닐까 생각합니다. 부디 멋지고 바른 목회의 선배의 길에 서 주길 응원합니다. 이 추천사를 보내주며 "이거 먹구 떨어져ㅋㅋㅋ"라는 댓글도 함께 보내주었는데, 오히려 그 댓글에 더 큰 은혜를 받았습니다. 진짜 친구의 응원 잘 먹구 다시 잘 달려가 보겠습니다. ^^ 친구야 고맙다! ^^

"오늘도 내가 예수를 만나 그분의 십자가 사랑을 받으며 살아갈 수 있다는
것이 말할 수 없는 감격이며 감사이며 감동임을 깨닫는 시간입니다.
말씀을 배우며 다시 한 번 내 맘속에
주님의 보혈의 사랑을 가슴 깊이 새겨봅니다."

_ 시편 19:14
나의 반석이시요 나의 구속자이신 여호와여
내 입의 말과 마음의 묵상이 주님 앞에 열납되기를 원하나이다

Part 6

생각 없이 나눈 묵상

과시병

사람에게 있어서 제일 못된 마음의 병이 남들 앞에서 자꾸만 나타나는 과시병이지요.

거품이 가득한 물은 거품이 사라지면 아무 것도 없는 것처럼 사람의 모습 속에 거품처럼 가득한 과시병이 사라지고 나면 결국 그 사람에게 남은 것이 얼마 없다는 것을 보게 됩니다.

그러니 우리가 하나님을 만나 말씀을 듣고 제일 먼저 치료 받아야 하는 병은 바로 내 마음에 병처럼 숨어있는 거품 같은 과시병입니다.

빨리 발견하여 치료받아서, 있는 모습 그대로 주님께 감사하며 사는 모습으로 돌아와야 하는 것이지요.

다만, 의사들이 발견하지 못하는 병은 치료가 불가능한 불치병이요, 위험한 병일 수 있듯이 교회를 다니고 예배를 드린다 하면서도 내 마음속에 여전히 숨어있는 과시병과 거품을 발견하지 못한다면 아무리 신앙생활을 오래했다 하여도, 아무리 직분자라 할지라도 절대 치료받지 못한 불치병이 된답니다.

거품이 심하고 과시병이 심한 사역자들의 말년이 좋은 경우를 성경에서도, 현실에서도 한 번도 본적이 없습니다. 언제나 비참한 미래만이 존재하는 것을 항상 봐 왔기에 이제라도 남 이야기 할 것 없이 내 안에 숨겨져 있는 과시병들을 찾아내어 오늘이라도 고쳐야 할 것 같습니다.

회개는 오늘을 넘기지 맙시다

나의 죄가 기억이 나는 것은 하나님이 용서해 주겠다는 시작이랍니다.

나의 죄가 기억이 나서 내 마음이 찔리고 하나님의 책망이 내 마음에 들린다면 지금 바로 주님 앞에 가장 진실된 모습으로 회개함으로 다시 시작해야만 할 것입니다.

회개는 오늘을 넘기지 맙시다.

내가 잘못했다고, 나를 용서해 달라고 진심으로 부르짖으십시오. 우리에게 오늘 가장 중요한 전 재산과 같은 하나님의 용서와 새롭게 다시 시작할 수 있는 기회를 스스로 만들어 가야 할 것입니다.

지금이 기회입니다.

손잡고 함께 결승점에 들어가는 선수

이기는 것만이 전부가 아니라는 가장 평범한 사실을 오늘도 한 번 더 되돌아봅니다.

지난 리우 올림픽 육상 5,000미터에서는 두 선수(니키햄블린, 애비다고스티노)가 보여준 감동스런 장면을 요즘에야 다시 보게 되었습니다.

자랑스런 금메달 리스트들의 경기에만 열중하다 진짜 감동스러운 장면들을 놓치고 말았네요.

우리가 살아가는 인생도 스포츠처럼 꼭 이기는 것만이 전부는 아닐 텐데요.

사실 우리가 믿는 예수님은 이 땅에서 모든 것을 이길 수 있는 최고의 능력자셨지만 언제나 약한 자들 편에서, 아픈 이들 곁에서, 외롭고 소외된

이들 곁에서 함께 손잡아주고, 함께 걸어가 주었던 삶을 보여주시고 가셨습니다.

그 예수님을 따르고 싶다고 말하고, 더 많이 따르려고 목사가 되기도 하고 집사 장로 권사라는 직분자가 되기도 했지만 어느 날 우리 모습을 돌아보니 사역을 해도 남을 깎아내리고 내가 더 크게 되려했습니다.

교회 안에서도 옆 교회보다 더 많이 모이고 더 크게 성전을 짓고 더 많은 학위를 따려고 했던, 우리도 어쩌면 세상 말로 다른 이들을 밟고라도 이기려고 하는 모습이 아니었는지요.

그리고 다음세대 사역을 한다고 하면서도 어쩌면 절대 지지 말고 세상에서 큰 꿈을 가지고 남들을 꼭 이기라고 가르치며 살아오지는 않았는지요. 반성합니다. 회개합니다.

정말 이제라도 돌이키며 다시 제대로 된 주님의 자녀 된 모습으로 살아가고 싶습니다.

오늘도 제 옆에, 우리 옆에 넘어진 누군가는 없는지, 절뚝거리는 누군가는 없는지, 금메달은 못 따도, 많이는 아니어도 한 사람이라도 손잡고 같이 결승점에 들어갈 수 있는 선수처럼 이 땅을 살아가다 주님계신 그곳에 돌아갈 수 있기를 소망해 봅니다.

물론 압니다.

이 글조차도 실없어 보일 수 있고 가식적으로 보일 수 있지만 그냥 이렇게라도 쓰고 다짐해야 조금이라도 그렇게 살아갈 수 있지 않을까라는 생각으로 마음을 나눕니다.

이제 한 손은 주님 손을 굳게 잡고 한 손은 누군가에게 내밀며 함께 걸어가야겠지요.

해결책을 알기 위해

시험지에 문제가 있으면 반드시 정답이 있고

우리에게 삶의 문제가 있으면 반드시 해결책이 있겠지요.

정답을 모르는 학생이 선생님에게 자주 질문을 하듯이

해결책을 모르기에 오늘도 주님께 기도를 드립니다.

천국의 백성

천국 가는 비자는 예배에서 발급 받을 수가 있답니다.

그러기에 우리의 예배는 언제나 생명력 있는 진짜 예배가 되어야

천국 비자가 발급되는 것이죠.

오늘도 단 한 가지의 소망은 주님 계신

저 천국에 백성으로 무사히 들어가는 일이랍니다.

꼭 받고 싶은 축복

내 주변에 날 아끼는 사람들 중에 열 명이 나에게 잘못하고 있다고 말한다면 나는 정말 지금 무언가를 잘못하고 있는 것이랍니다.

또한 열 명 중에 여섯 명이 잘하고 있다고 격려하면 더 힘을 내서 열심히 하면 된답니다.

다만, 내 주변에 날 아끼는 사람들의 다수 의견을 무시하거나, 아니면 아예 내가 살아가는 일이 바빠서 내 주변에 날 아끼는 소중한 사람들을 만나지 않는다면 어느 날은 내가 나에게 속아 무너지는 날이 올 수 있다는 사실을 절대 잊지 마십시오. 나 혼자 많은 일을 하고 나 혼자 멀리가려 하지 말고 진심이 통하고 내가 배울 수 있고 내가 마음을 열어 사랑할 수 있는 소중한 동역자들을 가까이 두는 일이 오늘 우리에게 가장 필요한 미래의 준비가 될 것입니다.

오늘도 이 땅에서 날 위해 기도해주는 사람, 날 위해 마음과 시간을 함께 나누어 줄 수 있는 사람, 날 위해 직언과 조언을 아끼지 않는 사람을 만나는 축복을 정말 꼭 받고 싶습니다.

다윗이 받은 축복

내가 지은 죄의 이유를 자꾸 말하면 결국 변명이 되는 것이고 진짜 변명이 아닌 죄의 크기와 대상을 인정하고 잘못했다고 말하는 것이 진정한 회개가 될 것입니다.

사울이 부득이 하여 그럴 수밖에 없었다고 말하는 것은 변명이 되는 것이고 다윗은 나단의 죄의 책망에 "내가 여호와께 죄를 지었습니다."라고 고백을 하였던 것은 회개입니다. 다윗이 받은 가장 큰 축복은 목동이 왕이 된 것이 아니라 절대 용서받지 못할 죄악을 주님께 용서받은 것입니다. 평생의 삶이 회개의 삶으로 이어진 것입니다.

벌 같은 일꾼

수많은 동물 중에 닮고 싶은 동물을 하나 고르라고 한다면 주저 없이 벌이 되고 싶다 말하고 싶습니다. 벌은 꿀을 만들 수 있고 적에게는 침을 쏠 줄도 알고 때가 되면 스스로 죽을 줄도 아는, 그런 벌 같은 일꾼이 되고 싶습니다.

세상에 꿀 같은 복음을 전하다가도 사단에게는 믿음으로 쏠 줄도 알고 어느 날 때가 되면 소리 없이 사라질 수도 있는 그런 왕벌이 되어 남은 인생 잘 살다 주님께 돌아가고 싶습니다.

열매고개

보릿고개를 참고 넘어가야 열매고개를 맞이할 수 있습니다.

이처럼 닥쳐오는 고난이 커서 영적인 보릿고개를 맞이하였다 할지라도

잘 참고 이겨내어 다시 열매를 볼 수 있는 열매고개를 맞이해야 할 것입

니다. (보릿고개를 혹시 모르는 다음세대라면 꼭 한번 검색해 보세요. ^^)

사람이 사람답게 살아간다는 것

일본의 한 도시에서 한참을 달리던 기차가 "선로에 감자가 떨어져 있으니 잠시 운행을 중단하겠습니다."라는 기관사의 방송으로 멈춰 선 후, 기관사와 손님들이 급히 내려 감자를 주워 선로 옆에서 떨어진 감자를 안타깝게 쳐다만 보던 할머니에게 돌려드렸다는 기사를 보았습니다.

세상을 살아가며 볼 수 있는 정말 아름다운 기사입니다.

늘 정치인들과 재벌가들의 비리 소식과 불법을 저지르는 썩은 물 같은 뉴스 속에서 비록 감자 한 봉지지만 사람이 사람답게 살아가기 위해 어떻게 해야 되는지를 알려주는 기사입니다. 참 모습이 바로 이런 것이 아닐까라는 생각을 잠시 해 봅니다.

예수의 보혈의 사랑

만약에 더러운 옷을 입고 더러운 곳에 들어가면 더러운 것이 내 옷에 묻는 줄 모르겠지만 깨끗한 옷을 입고 더러운 곳에 들어가면 어느새 더러운 것이 깨끗한 옷에 묻을까 어디서든 더욱 조심을 하게 되겠지요.

세상의 죄에 빠져도 그냥 세상에 취해 살아간다면 더 큰 죄에 빠질 수 있음을 못 느끼고 살아가지만 예수를 만나 보혈의 피로 죄 사함을 받으며 회개함으로 살아간다면 더 큰 죄의 자리를 피하게 되겠지요.

오늘도 내가 예수를 만나 그분의 십자가 사랑을 받으며 살아갈 수 있다는 것이 말할 수 없는 감격이며, 감사이며, 감동임을 깨닫습니다.

말씀을 배우며 다시 한 번 내 맘속에 주님의 보혈의 사랑을 가슴 깊이 새겨봅니다.

하나라도 바르게 주님 뜻대로

내가 하나를 하면 주님은 이미 백과 천과 만을 준비해 놓으신답니다.
오늘도 내일도 많은 일을 하는 사람이 아니라 하나라도 바르게 주님 뜻대
로 따라가는 하나님의 자녀가 되고 싶습니다.

1등이 되어야 하는 우리

하나님의 뜻을 모르고 하나님의 뜻대로 살지 않는 사역자라면 차라리 많은 일을 하지 않고 차라리 큰일을 하지 않는 것이 오히려 더 좋을 것입니다.

아무리 세상에서 많은 일을 하고 아무리 사람들 보기에 큰일을 한다 하여도 하나님의 뜻과 다르다면 결국 마지막에 그 많은 일과 더 많은 영혼들을 잘못된 길로 인도하는 결과를 낳을 것입니다.

그 큰일은 더 많은 영혼들에게 상처를 주고 잘못하면 죽음으로 인도하는 결과를 낳을 수도 있고 그 모든 대가는 그 일을 행한 사역자가 책임을 져야만 할 것이랍니다.

그러니 오늘도 많은 일과 큰일을 하려고, 세상일에 반드시 1등을 하려고 애를 쓰는 것이 아니라 오직 하나님을 뜻을 아는 일에만 1등을 할 수 있도록 해야 합니다.

오늘이라는, 지금이라는 시간 속에 1등으로 하나님의 뜻을 간절히 알아갈 수 있도록 살아가고 싶습니다.

주님, 그동안 몰라서 행했던 수많은 일들을 용서하시고 긍휼을 베풀어주옵소서.

승리의 V 하는 날

어제 저녁 일정을 마무리 하며 SNS에서 보았던 토막 뉴스 사진이 제 마음에 남아있습니다.

뇌종양으로 죽어가던 환자를 살리기 위해 의사가 32시간의 대 수술을 마친 후, 수술실 바닥에 쓰러져 승리의 V를 하며 찍은 사진입니다.

역시 사람 살리는 일은 쉽지 않은 거 같습니다.

의사는 아파하고 죽어가는 사람들의 육체를 살려야 하고 저 같은 목회자와 청소년 사역자는 아파하는 영혼들과 다음세대를 살려야 합니다.

사실 죽어가는 사람을 살리는 분들과 비교한다는 자체가 죄송하고 민망하지만 그럼에도 아파하는 영혼들이 너무 많고 지금도 어디선가 방황하는 청소년들이 너무 많은 것이 현실이기에 그들의 영혼을 섬기고 도와주고 복음으로 살려내는 일도 만만치 않은 것 같습니다.

어제도, 오늘도, 내일도, 여전히 저의 일정은 강행군입니다.

그러나 수술실의 의사가 피곤하다고 수술을 멈추면 환자는 죽을 수밖에 없는 것처럼 당장 복음의 일꾼들이 피곤하고 지친다고 멈추게 된다면 한

국교회는 더 많이 어려워 질것이고, 영혼들은 더 많이 아파할 것이며, 결국 다음세대 영혼들은 더 많이 죽어가게 되겠지요.

오늘도 아침부터 동생 사역자와 통화하며 우리가 이제라도 더욱더 서로가 서로를 격려하며 함께 손잡고 앞에서 옆에서 같이 잘 걸어가자고 서로 응원을 했답니다.

우리가 비록 지금은 자주 못 만나고 매일 영적인 전쟁 속에 힘들 수 있지만 마지막 날 우리도 주님 앞에 쓰러져 손가락V하며 웃을 수 있기를 간절히 바랍니다.

이제 곧 오전 집회를 시작합니다.

오늘과 내일은 서울과 인천 데이입니다.

가장 큰 도시에 가장 많은 숫자의 영혼들이 있으니 아마도 길고도 큰 수술이 될듯합니다.

이어지는 모든 사역의 일정에 중보자들의 기도가 함께해서 주님이 친히 이끌어 주시기를 기대 합니다.

날마다 회개함으로

우리의 습관은 죄짓는 일에 자동이지만

우리의 믿음은 회개하는 일에 자동이니

앞으로도 살아가는 모든 날 동안에 오직 죄와 싸워 이기고

날마다 회개함으로 주님과 더 가까워질 수 있기를 소망합니다.

믿음 있는 사람의 기도

도둑이 칼을 가지고 있으면 범죄를 저지르는 칼이 되지만

의사가 칼을 가지고 있으면 사람을 살리는 칼이 된답니다.

믿음 없는 사람이 기도를 한다면 아무 일도 일어나지 않지만

믿음 있는 사람이 기도를 하게 된다면 기적은 날마다 일어나게 된 답니다.

지경이 넓어지면 넓어질수록

하나님이 사용하는 사람은 머리가 좋아 세상의 일을 잘하는 사람이 아닙니다. 무릎으로 육체의 난코스를 통과하고, 무릎으로 성령의 능력을 받아 은혜의 가장 높은 고지를 정복하는 사람이 바로 하나님에 사용하는 사람일 것입니다.

그러니 사역을 하면 할수록, 사역의 횟수가 많아지고 지경이 넓어지면 넓어질수록 점점 내 머리를 비우고 주님 앞에 무릎으로 나아가는 시간이 많아져야 합니다.

바르게 사명대로 살아가다 주님께로 돌아가길 소망합니다.

나의 친구는 누구?

내 생각이 더러우면 사단이 나의 친구로 찾아오고 내 생각이 충만하면 주
님이 친구 되어 찾아오시게 된답니다.

부디 혼자 있을 때에 내 생각을 잘 관리하여 사단이 아닌, 주님이 나의 친
구로 찾아올 수 있도록 해야 할 것입니다.

주님을 초청해야 합니다

이 땅의 도로에서 자동차들이 서로 엉키어서 복잡해지면 교통경찰이 와
서 교통정리를 해줘야 깔끔하게 해결이 될 것이고 이 땅을 살아가며 삶
의 문제들이 복잡해지면 내 맘에 주님이 오셔서 교통정리를 해주셔야 깔
끔하게 해결됩니다.

그러니 내 삶의 문제를 스스로 정리하려고 하다 힘 빼지 말고 내 맘에 주
님이 오셔서 정리해 주시도록 주님을 다시 초청해야 할 것입니다.

영원한 갑, 하나님

교회 안에 영원한 갑은 하나님 밖에는 없습니다.

목사 장로 권사 집사 그 어느 직분자도 절대로 교회에서는 갑이 되어서는 안 될 것입니다.

우리는 언제나 믿음 안에 모두 을임을 잊지 말고 갑이신 주님이 주신 사명대로 묵묵히 살아가다 다시금 주님께로 돌아가야 합니다.

행여나 이 땅에서 주님이 주신 것을 내 것 인양 누리고 살다가 세상에서도, 교회에서도 갑이 되려고 애쓰고 교만해져서 갑의 모습으로 살면 안 됩니다.

교만은 패망의 선봉이라 했으니 결국 마지막에는 교만의 대가를 치러야 할 것입니다.

우리는 하나님의 사람입니다.

나의 모든 것을 다 빼앗겨도

내가 이 땅에서
하나님께 나의 모든 것을 다 빼앗겼다 할지라도
절대 걱정하지 않습니다.
내 것을 다 빼앗겨도
하나님 한 분을 얻을 수만 있다면
나는 이 땅에서 얻을 수 있는 모든 것을
다 가질 수 있음을 알기 때문입니다.

성공보다 실패가 감사한 날

아이들이 하도 태양의 후예 태양의 후예 해서 저도 다시 보기로 봤습니다. 그냥 재미만 있는 줄 알았는데 잠시 본 장면에서는 감동까지 먹었지 말입니다!

유 대위가 옳은 일을 하고도 징계 먹고 집에 가서는 퇴역하는 군인 아버지에게 진급에서는 떨어졌지만 아버지가 시키는 대로 했으니 칭찬해 달라는 말을 했습니다. 옳은 행동을 한 아들에게 아버지가 한 말은 "군인의 길엔 진급보다 영창이 명예로운 날도 있어! 잘했다."라는 말이었습니다. 제 머리에 뭐라 설명할 수 없는 그런 느낌이 있었네요.

21년 전 청소년 사역을 하겠다고 아무것도 없으면서 지방 도시에서 시작한 징검다리 사역에 수많은 실패와 실수를 반복하고, 이제야 그 시간들을 돌아보니 오히려 그 시간이 행복했었고 오히려 그 실패들이 더욱 주님만 찾게 만들어 주었음을 알게 되었네요.

그러니 저도 찾아오는 후배들에게 "어쩌면 사역자의 길엔 성공보다 실

패가 감사한 날도 있어 .”라고 말해줄 수 있는 날이 올 수도 있을 것 같습니다.

아니, 그렇게 말해주고 싶습니다.

주님이 십자가에서 돌아가셨지만 3일 만에 부활했듯이 우리에게도 실패도 실수도 있을 수 있지만 주님의 손을 끝까지 붙들기만 한다면 그 실패와 실수도 먼 훗날 가장 행복한 간증이 될 수 있을 거라고요.

이거이거 태양의 후예 주제에서 벗어났지 말입니다.^^

암튼 화창한 날씨가 어마어마하게 좋은 오후입니다. 모두 다 건강하게 봄꽃의 향기를 즐기는 날이길 바랍니다.

저도 장성에서 남은 부흥회 열심히 섬기고 집에 가서 아내에게 유 대위 흉내를 한 번 내보려 하는데 괜한 짓이겠지요?ㅋㅋ

암튼 모든 남편들이여, 태후 끝날 때까지 힘내시고 이제 다시 오후 예배에서 다음세대를 만날 만남 모드로 들어가 보렵니다.

믿음의 고수

믿음의 고수는 절대 대화가 길지 않습니다.

잘못한 것은 잘못했다 말하고 감사한 일은 감사하다 말하고 끝낸 답니다.

그러나 믿음의 하수는 점점 더 변명이 많아지게 된답니다.

"그런데요. 그래서요. 그러니까요."라며 자꾸 변명을 하게 되지만 우리의 믿음은 성령 충만을 받게 된다면 어떠한 책망에도 "할렐루야. 아멘!" 하며 받아들이고 깨끗이 인정하고 회개하며 새로운 날들을 시작하게 된답니다.

이제 대구에 도착해서 내일 아침을 기다립니다.

그저 모두 주님이 일하시길 바랍니다.

어떠한 식사를 주시더라도

믿음의 사람에겐 때로는 고난이 식사가 되기도 한답니다.

우리에게 주어지는 고난을 피하지 않고 묵묵히 잘 받아먹는다면 주님은 다시 우리에게 행복이라는 식사를 준비해 주신답니다.

고난은 언제나 고난으로 끝나지 않고 행복의 시작임을 잊지 말아야합니다.

믿음의 사람이 먹는 고난이라는 식사도, 또한 행복이라는 식사도 우리에게는 모두 다 영양제가 되어서 우리의 영과 육을 건강하게 만들어 줄 것입니다.

그러니 어떠한 식사를 우리에게 주신다하여도 기쁨으로 받아먹는다면 모두 다 우리를 건강하게 만들어 줄 것이랍니다.

이전보다도 더욱 신뢰해야 합니다

모세와 모든 이스라엘 백성들이 하나님이 보여주신 놀라운 기적 앞에 감사와 감격하며 찬양을 드렸다 하여도 곧 이어 홍해는 막혀있고 태산과도 같은 수많은 고난과 환란이 있었음을 알아야 합니다.

이전보다도 앞으로 더욱 주님을 신뢰함으로, 주님을 의지함으로 다시 한 걸음씩 나아가야함을 깨달아 봅니다.

빛이 될 것인가, 어둠이 될 것인가

나의 선택에 따라서 빛이 될 것인가,

어둠이 될 것인가가 결정이 날 텐데 오늘 나는 빛을 선택한 사람인지,

아니면 죄의 어둠을 선택한 사람인지

다시 한 번 돌아보고 또 돌아봅니다.

하늘나라 포인트

가게에서 그동안 쌓아 놓은 포인트로 물건 살 때 우리들의 기분이 좋아지는 것처럼 우리들의 진실된 예배 속에 찬양과 기도, 그리고 우리들의 충성과 헌신은 오늘도 저 하늘나라의 포인트가 되어 먼 훗날 우리들을 가장 기쁘게 할 것이랍니다.

"너는 내 꺼다"

하나님이 "너는 내 꺼다."라고 말하시고 "내 꺼는 다 네 꺼다!"라고 말씀하십니다.

하나님께 이런 말을 듣고도 멀쩡한 우리가 정말 신기할 뿐입니다.

감사, 감사

사람은 자신에게 어려움이 왔을 때 어떤 단어를 쓰느냐에 따라서 하나님이 그 사람을 대하는 태도가 달라지게 된답니다.

장미꽃 가시 주심 감사, 메마른 땅 사막 광야를 주심 감사라는 찬양을 드릴 때에 하나님의 마음을 움직일 수 있답니다.

하나님이 우리에게 준비해 놓으신 것들은 절대 시시한 것들이 아니랍니다.

정말 매일 새 날의 아침이고 매일 새로운 개척이고 매일 부흥의 역사이기에 오늘도 그 위대하신 전능자 하나님 앞에 나의 모든 것을 드릴 수 있는 것이랍니다.

형통의 시작

하나님께 들통 난 나의 죄악 때문에 회개만 할 수 있다면 그 들통은 다시금 하나님이 주실 형통의 시작이 되니, 결국 들통이 형통이 된답니다. ^^

홀로 주님 앞에 나아가

많은 사람을 만나 많은 대화를 나눈다고 많은 문제들이 해결되는 것이 아니라 오히려 많이 만난 사람으로 인해, 많이 나눈 대화로 인해 더 많은 문제들이 생길 수 있다는 것을 절대 잊지 말아야 할 것입니다.

우리의 문제는 오히려 사람들과의 만남을 줄이고 사람들과 대화를 줄이고 주님 앞에 홀로 나아가 주님의 말씀을 묵상하며 예배시간에 들려지는 말씀을 붙들고 간절히 기도할 때 해결될 것입니다.

모두 하나님의 영광을 위해

"너희는 먹든지 마시든지 무엇을 하든지 하나님의 영광을 위하여 하라"

오늘 오후 말씀을 준비하며 익히 보고 들었던 말씀에서 다른 날보다 참 많은 것들이 묵상되었습니다.

먹는 것과 마시는 가장 기본적인 일들조차 하나님이 지켜보시며 영광을 받으신다는데 나는 정말 하루하루를 잘 살아가고 있는지…

사역을 할 때든, 가정에 와서든, 혼자일 때도, 여럿일 때도 정말 하나님의 영광 위해 사는지 아니면 하루하루 그저 이 땅에서 바둥바둥 살아가지는 않는지를 다시 돌아보며 또 한 번 내 모습을 점검해보고 사역을 떠납니다.

선악과를 따먹은 죄인

오늘 밤 예배드리며 하나님이 선악과를 따먹은 아담과 하와에게 가죽옷을 지어 입히시며 에덴동산에서 세상으로 내어 보내실 때 얼마나 마음이 아프셨을 지를 묵상하다 참 많은 눈물을 흘렸습니다.

에덴동산의 주인공으로 끝까지 축복의 자녀로 곁에 두려 했지만 간교한 뱀의 유혹에 넘어가 결국 죄에 빠졌기에, 그럼에도 끝까지 입히시고 먹이시고 지켜주시며 얼마나 마음이 아프셨을지 생각해 봅니다.

오늘도 그 선악과를 따먹은 죄인이기에 주님 앞에 숨어서 여러 핑계만 대고 있는 제 모습을 떠올려 봅니다. 이제라도 다시 주님의 자녀로 순종하며 다시 돌아갈 그곳을 그리워하며 살아가고 싶습니다.

기적 같은 일

왕자와 거지라는 영화에서 거지가 왕자가 되는 장면을 보면서, 말도 안 되는 일이라고, 그리고 진짜라면 기적이라고 생각 하며 즐거워했던 기억이 있답니다. ^^

그런데 생각해 보니 더 기적 같은 일은 거지가 왕자가 된 것보다 나 같은 죄인이 하나님의 자녀가 되었다는 사실이랍니다.

아무 조건 없이, 아무 공로 없이 그저 그분의 사랑으로 오늘도 죄 많은 나를 찾아와 손 내밀어 잡아주시며 너는 내 아들이라 하시니 그저 눈물뿐입니다.

가장 행복한 시간

하나님이 우리에게 선물로 주신 시간은 하루에 24시간이랍니다.

24시간 중에 누군가는 자는 시간이, 먹는 시간이 제일 행복할 것이고, 누군가는 세상에서 죄를 짓는 시간이 제일 행복할 수 있고, 누군가는 돈을 벌며 성공을 위해 살아가는 시간이 제일 행복할 것입니다.

우리 믿음의 사람들에게는 하루 24시간 중에 하나님을 찬양하며 경외함으로 드리는 예배시간이 가장 행복하고 행복해야만 하는 시간일 것입니다.

생 각 해 보 니

어느 날 한 번 생각을 해보게 되었습니다. 페이스북이라는 공간에서 많은 친구들과의 소통이 이어지면서 매일 "지금 무슨 생각하세요?"라는 질문에 글을 쓰게 되었습니다. 살아가는 일상의 모습을 사진으로 담고 글을 올려보면서 '내가 10대라면, 20대라면, 30대라면 … 어떤 글을 올렸을까.' 하는 생각을 해 보았습니다.

10대 생각

아마도 제가 17살인 고1때 페이스북을 시작해서 글을 쓰기 시작했다면 아마도 매일 생각하는 것이 지금의 청소년들이 쓰고 있는 내용과 많이 비슷했을지도 모르지요. 교회에서는 매일 안 믿는 가족에 대한 아쉬움을 썼겠지요. 아무도 믿지 않던 가정에서 신앙생활을 하는 어려움과 믿지 않는 부모님과 가족에 대한 원망들, 거기다가 가정 형편에 대한 불만과 어려움들… 그렇게 제 십대의 일기장에는 걱정과 고민들이 많이 적혀 있을 겁니다.

거기다가 성적에 대한 고민들은 물론 공부를 잘하지는 않았지만 학원을 다닌 적도 없고 공부에 대한 부담감도 없었지만 그럼에도 공부 안하는 애들이 공부와 시험 걱정은 더 많이 하듯 그저 자연스럽게 친구들과 공부에 대한 부담감들을 적어 내려갔을 것입니다. 정말 나도 모르게 공부공부! 시험시험! 하며 그렇게 살아가지 않았나 생각해 봅니다.

교회 안에서 했던 짝사랑 이야기, 누군가를 부러워했던 이야기, 교회와 hccc에서 생활하며 있었던 신기한 이야기들이 언제든지 대화의 주제이며 생각의 주제였으니 아마도 그때부터 캠퍼스 복음화는 저의 머릿속 주제였을 겁니다. 그래도 저의 모든 생각 속에 90%는 신앙이야기로 넘치지 않았을까 하는 생각도 해 봅니다. 나름대로 저의 십대 시절의 많은 분량이 언제든지 교회와 hccc이야기로 가득 차 있었을 거예요.

20대 생각

그런 믿지 않는 가정에서의 삶과 hccc와 교회 안에서의 신앙생활과 언제나 중간정도의 성적이었던 학교생활 … 그런 제가 은혜로 침례신학대학교 기독교 교육학과를 입학하게 되었습니다. 이것은 저에게 새로운 인생의 시작이 되었고 저희 가정에서 처음 들어간 대학생이고 거기다가 신학생이기에 언제나 저희 가정은 언제 터질지 모르는 뇌관과도 같은 불안함의 연속이었습니다. 거기다가 등록금이나 학교 생활비 마련을 위한 아르바이트의 시작과 그렇게 시작된 군대이야기가 등장하게 됩니다.

어찌 보면 참 치열하게 살았던 시간이고 무엇인지도 모르는 좌충우돌의 이야기가 날마다 펼쳐지는 시간이었을 것입니다. 그러다가 아버지가 가족들이 모인 날 물놀이 중간에 돌아가시는 사고가 있었고, 예수 믿는 큰형수가 예수 안 믿는 저희 가정에 시집을 와서 당하는 고난도 직접 바라보게 되었습니다. 학자금 대출로 버텨 가는 대학생활과 처음 접하는 사회생활에서 오는 문화적인 충격들이 저의 많은 생각 속에 깊숙이 들어오는 시간을 가지게 되었답니다.

그렇게 군대에서 제대하는 24살의 나이에 바로 시작된 징검다리 사역은 19년 가까이 지금까지 저에게 따라붙는 가장 친근한 단어가 되었습니다. 아무것도 모르고 청소년 기독교 문화사역이라는 이름으로 좌충우돌 시작한 징검다리 사역은 콘서트의 연속과 캠프의 연속이었습니다. 기독교 문화가 무엇인지도 모르고 시작되었고, 그냥 하고 싶었고 해야 하는, 죽어라 앞만 보고 달렸던 징검다리 사역이야기들이 매일 제게 펼쳐지게 되었답니다.

대학교를 다니면서 2학년 때부터 징검다리 사역을 시작했기에 사실 학교 다니는 것이 주된 일인지, 징검다리가 주된 일인지를 모를 정도로 그렇게 살아갔습니다. 대학은 91년도에 입학을 했는데도 2000년대가 되어서야 졸업을 하게 되었고 10년 걸린 대학생활에서 도서관이나 공부에 매진을 한 것이 아니라 축제나 오티, 엠티 등에서 모든 학과의 게임을 다 맡아서 진행을 했습니다. 청소년 사역이 무엇인지도 모른 채, 무조건 청소년 사역을 한다고 말하며 따라다니는 시절이었습니다.

그렇게 징검다리만 죽어라고 시작하던 시간 속에서 스물여섯 나이에 스물세 살인 지금의 아내를 같은 과 일학년 후배로 만나게 되어 한눈에 뿅 가서 2년 가까이를 따라다녔지요. 어린 자매의 마음에 환심을 사려고 무던히도 노력을 하며 살았던 것 같습니다. 그동안에도 어쩌면 여러 명의 자매를 좋아도 해보고 짝사랑도 해보았지만 사실은 바쁘기도 하고 마음이 확 가서 공개적으로 연애를 한 적은 없는데 정말 무엇에 콩깍지가 씌었는지는 모르지만 2년 가까이 죽어라고 아내를 좇아다녔답니다. 결국에는 아내 나이 스물다섯 대학교 3학년이었던 아내를 설득해 결혼식을 올렸습니다. 결혼식 일주일 전에 대출받아 구한 전셋집과 신혼여행을 갈 시간이 없어서 부산 고신대학교 축제로 신혼여행을 간 것이 아직까지도 아내에게 제일 미안하답니다.

전 아주 바쁜 이십대 후반의 사역자였고 철부지 남자였고 집안에서는 철부지 막내인 그런 사람이었을 뿐 아무리 생각해도 정말 아무 생각 없는, 그런 하고 싶은 것이 너무 많은 철부지 이십대였습니다. 그러니 매일 쓰는 "무슨 생각하십니까?"에는 정말 말도 안 되는 쓸데없는 생각만을 가득 쓰며 그렇게 많은 시간을 보내게 되었을 것입니다.

30대 생각

그렇게 시작된 저의 삼십대 때는 드디어 임예빈이라는 아들이 태어났습니다. 어떻게 아이를 키우는지도 모른 채 육아는 아내에게 맡기고 때로는 함께 사역하는 동지에게 아이를 맡기면서 그때부터 가장의 부담감을 가지고 미친 듯이 성공을 향해 달려가는 시간을 시작하게 됩니다. 돈을 버는 법도 조금은 알 것 같고 성공하는 사람이 해야 되는 법도 조금은 알 것 같고 그래서 삼십대에는 뭐라도 하면 다 될 것 같은 엄청난 자신감에 사실상 나에게 가정은 언제나 2순위였고 어쩌면 하나님조차도 나의 꿈을 향한 과정이었을 뿐이었습니다.

언제나 주를 위해 사역을 한다고 하면서도 주님도, 아내도, 아들도, 가족들도, 동역자들과 선후배들조차도, 그저 나의 성공을 위한 하나의 도구일 수밖에 없는 그런 세상에 나밖에 모르는 이기적인 사람으로 철저하게 무장이 되어 갔습니다. 한 분이신 어머니는 언제나 나를 위해 보증을 서는 인생이 되었어도 형들에게는 언제나 도와주지 않아 서운한 사람이 되었고 아이는 목욕 한 번 제대로 시켜주지 못했지요. 아내에게는 임신 중에 먹을 것 하나 제대로 사준 적이 손에 꼽을 정도로 저는 아빠이고 남편이고 아들인데도 나밖에 모르는 철없는 가족이 되었습니다. 그저 이 모든 것이 무조건 기족을 위한 길이고 하나님을 위한 일이라고 스스로 위로하며 살아갔던 그런 시간이었습니다.

죽어라고 기독교 문화사역을 하고 청소년 사역을 하고 있었지만 정말 아무리해도 그 일들은 저에게 물질을 허락하지 않았고 결국, 저는 이벤트 사업에 손을 대기 시작했습니다. 음향 장비를 사고, 조명 장비를 사고, 무대 장비를 사고, 영상 장비를 사고, 그렇게 빚을 내고 돈을 버는 족족 장비를 사 들였습니다. 사무실도 얻고 직원도 뽑아서 나름대로 규모를 늘려가며 많은 사람들에게 규모 있는 선교회로, 그리고 능력 있는 사업체로 위장하여 그래도 그 나이에 만질 수 없는 많은 돈을 벌기 시작했습니다. 그 돈으로 기독교 문화 공연사역을 한다는 빌미로 CTS방송 제작사업도 시작해서 나름대로 대외적으로는 상당히 안정적인 선교회로 자리를 잡게 되었습니다.

사람들 보기에도 많은 장비를 가지고 있는 이벤트 회사이고, 많은 직원들과 간사가 있는 자리 잡혀가는 선교회였고, 저는 CTS와 극동방송을 진행하는 나름 잘 나가려 하는 젊은 사역자였습니다. 그렇게 큰 꿈을 가지고 예수의 이름을 빌려서 많은 일들을 시작하게 되었습니다.

그런데 생각해보니 이 일들의 많은 부분이 예수님이 그렇게 원하시는 일들은 아닌 것 같았습니다. 그냥 제가 많이 하고 싶었고 그렇게 정신없이 제가 하고 싶은 일들을 하다가 그때부터 물질의 어려움에 부딪히게 되면서 정신없이 돈을 빌리러 다니기 시작했습니다.

금융권 이라는 금융권은 모두 쫓아다니기 시작했고 그러다가 제1금융, 제2금융, 제3금융, 급기야 사채도 끌어 쓰고 교회 제자들까지, 선교회 간사들까지 할 수 있는 모든 힘을 동원해서 돈을 모아 그때마다 위기를 넘겼습니다.

노력한 만큼 돈을 빌리기도 하고 투자 받기도하고 대출받기도 하며 한 고비 한 고비를 넘길 때마다 그것이 하나님의 도움 인줄 알고 더 힘을 내서 내가 하고 싶은 많은 일들을 해 가기 시작했습니다. 생각해보니 그때부터 저는 제가 스스로 만든 무덤으로 들어가기 시작했고 제가 만든 함정에 스스로 빠져서 점점 깊은 늪 속으로 들어가는 영적 침체기를 만나게 되었습니다. 제 뜻대로 되는 일은 아무것도 없었고 어느새 35살의 나이의 젊은 전도사가 3억 8천이라는 부도를 맞고 청주지방법원에 파산신고를 할 수밖에 없었습니다.

정말 생각해보니 저의 삼십대는 돈이 필요했고 돈을 구했고 돈을 갚느라고 모든 시간을 다 써버린 그런 시간을 보냈던 것 같습니다. 만약에 지금이라도 다시 나의 오래전 시간으로 돌아가라 한다면 정말 죽어도 돌아가고 싶지 않은 시간이 삼십대입니다. 저의 가족은 저와 함께 파산을 하기 시작했고 아내도 파산, 엄마도 빚투성이 장모님도 빚투성이 그리고 선교회 간사들까지 빚 투성이인 채 그렇게 저는 사회적으로는 파산자요, 영적으로도 파산의 길을 걷기 시작을 했습니다. 울고 싶어도 울 힘이 없었고 그렇게 예수 믿는 사람이 힘없이 하루하루를 근심하며 살다가 영적인 타락의 길에 빠져들게 되었습니다. 한 마디로 저의 삼십대는 악몽 그 자체였습니다. 그러다가 아무데도 갈 수 없고 아무도 만나 주지 않아서 찾아간 곳이 기도원이었습니다. 할 수 있는 것이 아무것도 없어서 드린 것이 예배였습니다. 만날 사람들이 없어서 만난 분이 하나님이었습니다. 일할 것이 없으니 할 수 있는 일은 기도밖에 없었고 즐거운 일이 없으니 그때서야 찬양을 하며 즐거운 은혜를 누리기 시작을 하였습니다. 35살의 나이에 모든 것을 잃어버리고 파산자가 되었을 때 지금의 하늘문 기도원의 매일 예배를 만나게 되었고 세상에서 제일 무섭고도 제일 감사한 정옥용 목사님을 만나게 되었습니다. 다시 신학교 1학년이 된 기분으로 예배와 기도와 찬양과 말씀을 하나하나 다시 배워갔습니다.

그렇게 삼십대 후반, 삼 년가량을 할일이 없으니 예배로, 만날 사람 없으니 하나님만, 즐거울 일이 없으니 찬양으로 매일의 시간을 보내며 삼사년의 시간을 보내게 되었습니다. 생각해보니 이때부터 인 것 같습니다. 그러다 어느 날 가끔 집회강사들이 펑크 난 곳에서 한두 곳 연락이 오기 시작했고 그러면 그때마다 열심히 복음을 전하고 말씀을 전하며 정말 십대 시절부터 꿈꾸었던 청소년 사역을 다시 시작을 하게 되었습니다.

그렇게 한 번으로 시작한 것이 두 번이 되었고 그렇게 다시 극동방송과 CTS기독교TV사역이 조금씩 연결되기 시작하였습니다. 비로소 저는 삼십대 후반에야 복음이라는 단어를 정확히 알게 되고 하나님의 능력과 예배의 능력을 서서히 알아갈 수 있게 되었답니다.

이제는 지난 시간에 일처럼 드리던 예배가 생명과도 같은 예배가 되었고 그냥 좋은 말씀으로 알고 있던 성경들이 살아 움직이는 날 선 검 같은 무기가 되어갔습니다. '기도하면 될까'라는 의심은 '기도하면 반드시 된다'는 강력한 믿음으로 돌아와 1년 365일 하루도 목소리가 성한 날이 없을 정도로 부르짖는 기도의 습관이 생기게 되었습니다. 그러다 보니 설교를 하고 집회를 하고 방송을 할 때마다 많은 은혜들이 넘치기 시작했고 그 전에는 감당 못하던 은혜들이 학생들과 청년들, 교회들 안에 넘쳐나기 시작했습니다.

어느 날 저도 모르게 많은 한국교회에 입소문이 나기 시작했고 어렵게만 살아오던 제가 청소년 사역이라는 사명대로 살아갈 수 있게 되었습니다. 그러던 중 "습관을 바꾸면 미래가 바뀐다"와 "생각을 바꾸면 미래가 바뀐다"라는 책이 나오게 되었고 이번에 세 번째 미래 시리즈, "생각이 없어야 미래가 바뀐다"를 출판하게 되었답니다.

40대 생각

어느새 2017년, 46살이 되었습니다. 기독교 안에서는 나름대로 청소년 사역과 다음세대 사역에 자리를 잡고 한국교회와 다음세대 사역의 현장 곳곳에서 작은 부분이라도 섬길 수 있는 기회가 주어지게 되었답니다. 그러다 보니 저의 생각 나눔에서 매일 반복되는 글과 사진들의 대부분은 사역의 나눔이며 복음이야기로 가득하게 되었습니다.

많은 청소년들과 청년들에게 저도 커서 목사님처럼 훌륭한(?) 청소년 사역자가 되고 싶다는 편지와 메시지를 종종 받게 되는데 그럴 때 마다 부끄럽기도 하고 창피하기도 하고 숨을 곳을 찾아 숨고 싶을 정도로 힘듭니다. 그럼에도 철없던 십대 시절을 지나 꿈 많았던 이십대 시절을 지나고 삶에서 가장 힘겨웠던 삼십대를 마치고 정말 상상할 수 없을 정도도 감사한 사십대를 맞이하게 된 것이 정말 큰 감사입니다. 이제는 점점 더 내 생각을 버리고 모든 미래를 주님께 맡기어 갈 때 정말로 점점 더 생각을 버리니 미래가 바뀌는 경험을 하며 살아가게 된 답니다.

이제는 기대가 됩니다. 나의 오십대, 육십대는 어떻게 변해 있을지, 정말 상상할 수 없는 미래가 내 앞에 펼쳐질 텐데 도대체 어떤 일이 내게 주어질지… 그저 모든 것이 감사이고 행복입니다.

생각버리기

성도들이 할 수 있는 기도 제목 중에 가장 큰 기도 제목은 "명문대학에 가게 해 주세요", "성공한 사람이 되게 해 주세요", "훌륭한 사람이 되게 해 주세요"라는 기도 제목이 아니라 "하나님 아무 기도제목이 없습니다", "아무것도 바라는 것이 없습니다", "그저 하나님이 주신 달란트대로 하나님이 만들어 가시는 모든 계획 속에 이 땅에서 그저 작은 부품으로 잘 쓰임 받다가 주님께 갈수 있도록 해 주세요"라고 기도하는 것이 가장 큰 기도 제목이 될 것입니다.

이 땅에서의 성공을 위해 생각하고 생각하며 만든 기도 제목들이 오히려 우리들을 더욱 더 욕심이 많아지게 하고 교만해지게 만들며 이 땅에 미련을 갖게 만듭니다. 이제라도 내 머릿속에 많은 생각들을 버리고 온전히 내 머릿속 생각을 이 땅이 아닌 하늘나라 천국에 소망을 두도록 만드는 일이야말로 누가 봐도 가장 소중한 기도 제목이 될 것입니다.

이제는 매일 만나는 다음세대에게 더 큰 꿈을 가지라고 강의를 하면서도 그 큰 꿈을 이루기 위해서는 그동안 가졌던 고정관념들을 버리라고 도전하는 것이 저의 큰 사역이 될 것입니다.

욕심의 생각들을 버리고 이 땅의 고정관념을 버려서 이제는 아무 생각 없다는 소리를 들을지라도 더욱 소중한 미래를 위해서 마음껏 오늘을 감사하며 평안함으로 기쁘게 살아갈 수 있어야 합니다.

이 땅의 모든 성도들이 생각이 없어지고, 그래서 미래가 바뀌는 하나님의 역사가 있기를 소망합니다.

friends book

임우현목사 페이스북을 통해 <책이름을 맞춰라-ㅇㅇ이없어야 미래가 바뀐다 > 이벤트에서 나온 페이스북 친구들이 생각하는 없어야 할 것들입니다. 감사합니다.

음~정답은 **"불평불만"**이 없어야 미래가 바뀐다 일듯 하네요~^^ 저희 마음에 불만이 없어지면 감사로 내 삶이 바뀌기에 미래도 바뀔 거라 생각됩니다.^^

"계획"이 없어야 미래가 바뀐다. 무계획으로 살아야 한다는 말이 아닌, 나의 생각으로 더 나은 미래를 위한 계획들을 세우기 이전에 하나님의 은혜와 인도하심을 구하고자 하는 마음에…

"상처"가 없어야 미래가 바뀐다! 이 시대의 다음세대 목회는 상처와의 싸움인거 같아요.

"과거"가 없어야 미래가 바뀐다?! 옛날에 지은 죄 때문에 옛날에 좋았던 기억 때문에 오늘을 살지 못하는 것보다는 다 잊고 오늘을 주 안에서 사는 게 은혜죠~

저희 아들이 **"싸움"**이라고 하네요.ㅋㅋ저는 **"정답"**이 없어야 미래가 바뀐다로 할래요 ~~

"미련"이 없어야 미래가 바뀐다. 과거에 대한, 세상에 대한 미련이 없어야 미래가 변할 수 있는 힘이 생길 거라 생각해요. / **"게으름"**이 없어야 미래가 바뀐다.

인간의 7가지 죄악이 떠오르는 것은 왜일까요?!ㅎㅎㅎ **"교만"**, **"탐욕"**, **"식욕"**, **"성욕"**, **"질투"**, **"나태"**, **"분노"**이/가 없어야 미래가 바뀐다!

"탐심"이 없어야 미래가 바뀐다. **"고집"**이 없어야 미래가 바뀐다!!!

"(현재에 대한) 편견"이 없어야 미래가 바뀐다. 현재에 대한 편견을 가지면…'난 원래 그래.' '난 매일 이래 왔어.' … 슬픈 미래는 바뀌지 않는다.. / **"계산"**이 없어야 미래가 바뀐다.^^

"제한"이 없어야 미래가 바뀐다. 우리 인간은 한계가 많습니다. 그러다 보니 늘 넘어지고, 갈팡질팡할 때가 많죠. 그러다보면 하나님 또한 자신처럼 한계를 가지신다고 생각하여 하나님의 은혜를 **"제한"**할 때가 있습니다. 이러한 **"제한"**이 없을 때 하나님의 무궁한 역사가 우리 삶 속에 나타나게 되고, 바뀔 것 같지 않은 나의 미래가 바뀌어 지는 것 아닐까요~?

"격식"이 없어야 미래가 바뀐다. / **"고정관념"**이 없어야 미래가 바뀐다.

"미래"가 없어야 미래가 바뀐다. 현실에 충실한자가 미래를 바꿀 수 있습니다.

"뇌"가 없어야 ㅋㅋ 미래가 바뀐다. / **"원망"**이 없어야 미래가 바뀐다

"교만"이 없어야 미래가 바뀐다. or **"걱정"**이 없어야 미래가 바뀐다.

"좌절"이 없어야 미래가 바뀐다. **"포기"**가 없어야 미래가 바뀐다. 나한테 하는 말 같아요. 내 아이에 대한 믿음을 포기하지 말고 실패에 좌절하지 않는다면 그 미래는 풍성할 겁니다.~~♡♡

"미련"이 없어야 미래가 바뀐다. 이전 것에 대한, 세상에 대한 미련이 없어야 미래가 바뀐다고 생각됩니다! / **"갑질"** ㅋㅋㅋ / **"이젠 됐다"**가 없어야 미래가 바뀐다.

"우상?". **"인본?"**. **"(바리새인의)외식?"**, **"후회?"** 크악~~~ㅋㅋㅋ

그 밖의 의견 : 두려움, 미움, 거짓, 비교, 후회, 차별, 장벽, 불신, 염려, 나 자신, 강요 …